NOUVELLE COLLECTION NATIONALE

tant de lecture que dans volume à 7 francs pour

75 cent.

l'ouvrage complet illustré

Rodolphe BRINGER

UN DRÔLE DE FIANCÉ

F. ROUFF, Éditeur, 8, boulevard de Vaugirard, PARIS

UN DROLE DE FIANCÉ

CHAPITRE PREMIER

OU NARCISSE JAVELIN REÇOIT UNE LETTRE DE SA SŒUR Mme CORALIE LAMBRUSQUE

Chaque matin, sur le coup de neuf heures, Phémie, la servante de M. Javelin, avait coutume de venir baguenauder devant la porte de la villa pour attendre le facteur, car elle avait son promis sous les drapeaux, elle était toujours dans l'expectative d'une carte postale illustrée à elle adressée par ce fidèle soldat de deuxième classe.

D'ailleurs, quand manquait le souvenir de ce défenseur de la Patrie, il n'en restait pas moins au courrier le *Mémorial de Montélimar*, auquel M. Javelin était abonné, et la curieuse Phémie ne se gênait point pour en faire sauter la bande, avide de la rubrique consacrée à la petite ville de Donzère.

Les faits divers n'étaient point nouveaux pour elle, car Donzère compte à peine deux mille habitants, et le moindre événement qui s'y déroule y est connu dès son accomplissement. Phémie, au cours de ses visites journalières chez les divers fournisseurs, était rapidement mise au courant des faits et gestes de cette modeste et tranquille bourgade, mais ce qu'elle apprenait ainsi de la bouche du boucher, de l'épicier ou du boulanger, ne lui paraissait que racontars de bonnes femmes, et elle ne daignait ajouter foi à ces nouvelles que du moment où elle les avait lues imprimées dans le *Mémorial*.

Ce matin-là comme d'habitude, Phémie, son balai à la main pour se donner une contenance, attendait le facteur Blachou, et, comme Blachou était un homme exact, le huitième coup de neuf heures n'avait pas fini de tinter à l'horloge municipale, qu'elle aperçut, au détour du chemin, la blouse bleue du piéton qui se hâtait, son bâton à la main, et confortablement guêtré de cuir.

— Vous avez quelque chose pour moi ?

— Pas aujourd'hui, mamzelle Phémie, Batistin a dû être trop occupé pour vous écrire. Voilà toujours une lettre pour votre maître, et le journal, comme d'habitude.

Et Blachou fila vers la chocolaterie, après avoir remis à Phémie le modeste courrier du jour.

Phémie ne se montra point trop attristée de ne point recevoir ce matin des nouvelles de son promis. Mais, ayant refermé la porte du jardin, elle jeta un coup d'œil sur la lettre, constata qu'elle venait de Mme Lambrusque, la sœur de M. Javelin, puis, l'ayant fourrée dans la poche de son tablier, elle ouvrit le *Mémorial*.

La première page, consacrée à la politique, ne l'intéressait guère, pas plus que la seconde, où se trouvaient les grandes informations parisiennes et autres. Tout de suite elle sauta à la trois, où s'étalaient les nouvelles de Donzère et des lieux circonvoisins, sous la rubrique générale de « La Région ».

Dès le premier coup d'œil, elle pâlit, frémit, poussa un petit cri, puis s'écria, toute défaillante d'émoi :

— Ce n'était donc pas une blague !

Et, s'étant assise confortablement, sur un banc du jardin, à l'abri d'un fusain des plus épais qui la dissimulait aux regards possibles de M. Javelin et de sa fille, elle dégusta cette prose du correspondant Donzerois :

Sous l'empire de la terreur.

Depuis quelques jours, les environs de Donzère sont infestés par un farouche dévaliseur de villas qui terrorise littéralement la contrée. En dépit d'une surveillance active, la police est impuissante à s'opposer aux déprédations de ce vandale. Profitant de l'absence des propriétaires, ce hardi malfaiteur met les maisons à sac, ne laissant rien après lui que les quatre murs et encore... On nous assure en dernière heure que l'on est sur la trace du délinquant. Il était temps car, quelque respect que nous professions pour notre municipalité, aussi éclairée que paternelle, il est inadmissible qu'en plein xxe siècle, les honnêtes gens soient à la merci de pareils vauriens. Nous espérons donc qu'avant peu le pays sera purgé de la présence de ce dangereux bandit ! »

Mlle Phémie était si attentionnée à la lecture de ce passionnant fait divers, qu'elle n'entendit pas une voix qui l'appelait au loin.

C'était Mlle Noémie Javelin, en quête de sa camériste.

Ne l'ayant pas trouvée dans sa cuisine et l'ayant vainement appelée par l'appartement, elle eut l'idée de la venir chercher au jardin, et c'est ainsi qu'elle la surprit, à l'abri du fusain, plongée dans la lecture du *Mémorial*.

— Comment... vous êtes ici... mais voilà une heure que je vous appelle.

Phémie, nature impressionnable, était terrifiée par ce qu'elle venait de lire, aussi, ne s'émut-elle point de se voir surprise dans la lecture du journal de Montélimar, et elle se contenta de regarder sa jeune maîtresse avec des yeux effarés.

— Eh bien, quoi... vous êtes folle, ma fille ! ne put s'empêcher de dire Mlle Noémie.

— Folle de terreur, oui, mademoiselle. Mademoiselle n'a pas lu le *Mémorial* ?

Et elle tendit la feuille à la jeune fille.

Mais celle-ci repoussa le journal.

— Je me moque pas mal du *Mémorial*. Savez-vous ce qu'est devenue mon ombrelle mauve ?

— Mademoiselle a tort de ne pas lire le *Mémorial* : elle saurait qu'il y a une bande de voleurs...

— Qui a pris mon ombrelle mauve ?

— Cela se pourrait bien mademoiselle ! Il paraît qu'ils ne respectent rien ces van... ces van... de chose... ces van... de machin... comme dit le *Mémorial*.

Mlle Noémie haussa les épaules; elle connaissait l'âme peureuse et pusillanime de sa bonne.

— Tenez, fit-elle, vous feriez mieux de chercher mon ombrelle mauve et de vous occuper de votre cuisine au lieu de vous farcir la tête de toutes ces billevesées !

Phémie se sentit froissée dans son amour-propre.

— Des *billes vissées*... des *billes vissées*, grogna-t-elle, Mademoiselle peut m'insulter... cela m'est égal... mais elle verra, quand elle aura été une bonne fois cambriolée, si elle fera autant la renchérie !

Et, ayant plié et soigneusement remis sous sa bande le journal, elle se dirigea vers la villa. Mais se retournant :

— Voilà une lettre pour M. Javelin !

Et elle disparut, non sans se dire à elle-même :

— J'ai bien envie d'aller me mettre sous la protection du garde champêtre.

Mlle Noémie, cependant avait examiné la lettre que la bonne venait de lui tendre, et elle songeait :

— Tiens... c'est de ma tante Coralie ! Est-ce qu'il y aurait du nouveau ?

Une rougeur empourpra son front, et elle demeura un instant toute rêveuse.

C'était une fort jolie fille que Mlle Noémie Javelin, un peu trop grande, peut-être, un peu trop mince, aussi, mais, comme elle n'avait que vingt ans, si sa croissance était achevée — du moins il fallait l'espérer — l'âge, sans doute, viendrait la gratifier d'un peu d'embonpoint. Pour le quart d'heure, elle avait un peu l'air d'un échalas. Mais d'un joli échalas par exemple, et sa figure d'un teint éblouissant sous l'opulence d'une lourde chevelure d'un noir de jais, était des plus agréables à regarder, avec ses jolis yeux couleur de noisettes, son nez busqué mais mignon et sa bouche ronde et rouge comme une guigne.

Elle était l'unique fille de M. Narcisse Javelin, ancien voyageur en nouveautés, qui, après fortune faite, s'était retiré à Donzère, son pays natal, où il s'était fait construire une charmante villa au midi de cette petite villotte.

Ayant perdu sa mère de bonne heure, elle avait été élevée par sa tante Coralie Lambrusque de la Coucourde, car son père, toujours par monts et par vaux, n'avait pu se charger de son éducation, puis mise en un pensionnat de Montélimar.

Et il y avait tout juste deux ans que M. Javelin s'étant enfin retiré des affaires et installé à Donzère, elle était venue vivre avec lui et faire son apprentissage de maîtresse de maison, ce dont elle s'acquittait le mieux du monde.

C'était au demeurant une excellente petite bonne femme, qui ferait le bonheur du mari qui la conduirait à l'autel, comme disent les auteurs qui ont du style.

Justement sa tante Coralie s'était chargée de dénicher cet oiseau rare, et devant la lettre que la brave femme écrivait à son frère, Noémie ne voulait douter qu'il ne s'agît précisément de ce futur, ce qui vous explique maintenant sa rougeur et son émoi.

Mais une voix cria :

— Fifille !... Fifille !...

C'était M. Javelin qui appelait Noémie.

Elle se hâta et trouva son père sur le perron, tenant d'une main un pot de couleurs, et de l'autre un objet innommable qu'il lui tendait, joyeux, en disant :

— Hein, Fifille !... Qu'est-ce que tu dis de ça ?

— Ça... ? En voilà une horreur ! s'exclama Noémie.

— Comment... une horreur ? Tu ne la reconnais pas... ? Mais c'est ton ombrelle mauve !...

Et c'était une ombrelle, en effet, mais gluante de peinture, et d'ailleurs d'un vert cacatoès à aveugler les perroquets les plus solides.

— Mon ombrelle mauve ! gémit Noémie, en reconnaissant maintenant cet objet qu'elle cherchait depuis une heure.

M. Javelin était un homme de cinquante-cinq ans, chauve, un tantinet bedonnant et dont la figure bonasse, entièrement rasée, s'adornait de deux touffes de poils, près des oreilles, qui encadraient sa physionomie de la plus drôle des façons.

Il avait passé toute sa vie à vendre du drap, et, quand il s'était trouvé enfin affranchi de ses occupations, au lieu de goûter toutes les joies après lesquelles il soupirait depuis quarante ans, il s'était ennuyé royalement.

Et c'était alors que pour se distraire, il s'était adonné à ce qu'il appelait « la peinture ».

Hâtons-nous de dire que la peinture, telle que la comprenait M. Narcisse Javelin, n'avait rien de commun avec l'art dans lequel se sont illustrés les Raphaël et les Michel-Ange. Ce que M. Narcisse Javelin appelait « faire de la peinture » consistait tout simplement à peinturlurer tout ce qui lui tombait sous la main : bancs, portes, meubles, boîtes et bibelots, qu'il recouvrait généreusement d'épaisses couches de ripolin de tons criards et anormaux.

Mlle Noémie, bien qu'elle en fût parfois incommodée, acceptait patiemment cette innocente manie de son père; mais tout de même, cette fois, celle-là dépassait les bornes : lui avoir peinturluré son ombrelle !

Elle n'en revenait pas, et sa physionomie prit soudain une expression tellement désolée que cet excellent M. Javelin éprouva le besoin de se disculper.

— Voyons, fifille... ne t'es-tu pas plainte, ces

jours derniers, d'avoir mal aux yeux ? J'ai compris tout de suite que le reflet mauve de ton ombrelle devait en être la cause, et... ma foi... je l'ai peinte en vert... C'est très bon pour la vue, le vert... ainsi, regarde les aveugles !

— Les aveugles ? fit Noémie, qui ne saisissait pas bien le rapport.

— Sans doute, les aveugles,,, qui vendent des crayons... et qui jouent de la clarinette... avec un caniche...

— Eh bien ?

— Eh bien ils ont toujours un abat-jour vert sur les yeux... pour protéger leur vue. Ah !

— Mais papa, fit justement observer Noémie, je ne suis pas aveugle, moi !

— Mais tu peux le devenir ! Cela ne coûte rien de prendre des précautions, surtout lorsque, comme toi, on a la chance d'avoir un père artiste !

— Artiste ! soupira Mlle Noémie, avec un regard aux potiches hurlantes de couleur qui adornaient la balustrade du perron.

Et elle ajouta, navrée :

— En tout cas, voilà une ombrelle de perdue !

M. Javelin se fâcha, à la fin :

— Sapristi de sapristoche, fifille... tu n'es jamais contente, toi ! Je me tue à prévenir, à satisfaire tous tes caprices, et voilà comme tu me récompenses !

Noémie comprit qu'elle était allée trop loin; d'ailleurs elle adorait son père; aussi le prenant par le cou :

— Voyant, petit père... mais je n'ai pas voulu te faire de la peine !

M. Javelin sourit :

— Alors, la couleur de ton ombrelle te satisfait ?

— Mon Dieu ! fit Noémie, si seulement tu pouvais l'assombrir un peu.

— Rien de plus facile, fifille... Je donnerai une couche un peu plus foncée... c'est l'affaire d'un rayon de soleil.

— Comment cela ? demanda Noémie.

M. Javelin éclata d'un gros rire plein de fatuité :

— Ah ! fifille... c'est que tu ne sais pas : non seulement ton père est un artiste, mais encore c'est un chimiste, et un grand chimiste, je t'en donne mon billet. Juge plutôt : j'ai découvert un nouveau mélange, à base de sels d'argent... C'est très commode. Pour modifier les tons, pour les renforcer, il suffit d'exposer la couleur que l'on veut employer à la lumière solaire, qui l'impressionne graduellement, jusqu'à lui faire prendre la nuance désirée... On n'a plus alors qu'à y mélanger un vernis spécial pour rendre cette nuance définitive et indélébile. Tu vas voir, je vais installer mon pot de vert sur la balustrade du perron, et, dans une couple d'heures... tu verras... tu verras... ! Ah ! tu ne connais pas encore les trésors d'intelligence de ton père, et ma sœur Coralie, ta tante, a beau dire...

Mais Noémie l'interrompit :

— Tiens... à propos, elle t'a écrit, tante Coralie.

— Elle m'a écrit !... Quand ça ?

— Le facteur vient d'apporter la lettre.

— Ah bah ! Et tu ne m'en disais rien !

Cependant M. Javelin avait disposé son pot de couleur sur la balustrade du perron, et, tendant la main à sa fille, une main plaquée de taches de vert :

— Donne.

Noémie lui tendit la lettre, qu'il prit du bout des doigts, pour ne point la salir, et l'enfonça au plus profond de la poche de son grand tablier bleu.

— Tu ne lis point ce qu'elle te dit, fit Noémie.

— Je vais, avant, me laver les mains.

— Tu n'es pas curieux.

M. Javelin regarda sa fille d'un air fort goguenard.

— Tiens... tiens... fit-il. Et toi, tu es bien pressée de connaître le contenu de cette lettre.

Noémie rougit, et prenant un petit air détaché:

— Mais, pas du tout pépère, je disais cela...

— Comme tu aurais dit autre chose, n'est-ce pas ? Ta, ta, ta. Tu t'en doutes du contenu de cette lettre. Allons, ne faisons pas languir ton impatience.

Et il l'ouvrit.

Au fur et à mesure qu'il lisait, sa physionomie s'éclaircissait, en sorte que Noémie pensa qu'elle ne s'était point trompée, cette fois, et qu'il s'agissait bien d'un fiancé pour elle.

Mais quand il eut finit de lire, M. Javelin fit mine de remettre tranquillement la lettre dans sa poche et :

— Ta tante se porte bien... Elle pense venir nous voir après sa saison à Vals, et me charge de bien t'embrasser.

— Et... c'est tout ? demanda Noémie, fort désappointée.

— Que veux-tu qu'elle dise de plus ?

— Je ne sais pas, moi.

— L'avais-tu chargée de quelque commission ?

— Non.

— Alors...

Mais Noémie était si penaude, si déçue, que M. Javelin ne voulut point prolonger plus longtemps cette plaisanterie.

— Ah ! la petite peste, fit-il, on ne peut rien lui cacher. Eh bien, oui, là : il s'agit d'un fiancé.

— Pour moi ?

— Dame, ce ne peut être pour la tante Coralie, la pauvre femme, et encore moins pour moi je suppose.

— Un fiancé... pour moi... Ah ! quel bonheur !

Et le plus naïvement du monde, elle battit des mains.

— Eh là !... Eh là !... dit M. Javelin. Il ne te manque plus maintenant que de te jeter à son cou, quand il va arriver.

— Il va donc arriver ?

— Sans doute.

— Bientôt ?

— D'un moment à l'autre... d'ailleurs, voici ce que dit tante Coralie :

Et il lut :

Mon Cher Narcisse,

Cette fois, je crois que j'ai eu la main heureuse, et j'ai trouvé un fiancé pour Noémie... C'est un Belge...

— Un Belge ? interrompit Noémie.

... qui doit venir prendre prochainement à Montélimar la direction d'une grosse maison de banque de Paris. Ce jeune homme est riche, spirituel, beau garçon et fait au tour...

— Bonne tante Coralie ! ne put s'empêcher d'interrompre Noémie, dont toute la figure s'irradiait de joie.

M. Javelin continua :

et... fait au tour. Seulement...

— Ah ! il y a un seulement. Est-ce qu'il loucherait ? Ou plutôt non, je devine : il est blond. Un Belge...

— Blond ? Qu'est-ce que ça peut te faire ?

— J'ai dit à tante Coralie que je ne voulais épouser qu'un brun !

— Voyez-vous ces petites filles qui vous ont déjà des préférences ? D'ailleurs, rassure-toi ; ce n'est pas à la teinte des cheveux du jeune homme que se rapporte la restriction de tante Coralie.

Et reprenant sa lecture :

... Seulement, il est un peu distrait, un peu timide. D'ailleurs, vous le jugerez bientôt vous mêmes, car il vient passer quelques jours à Montélimar, et il ira vous faire une petite visite à Donzère le 23 courant...

— Mais c'est aujourd'hui ! s'exclama Noémie.

... il arrivera par le train de dix heures vingt.

— Et il est déjà dix heures, au moins.

...bien entendu, vous l'inviterez à déjeuner.

— Et il n'y a rien de prêt... et je ne suis pas habillée ! s'affola Noémie. Vite... vite...

— Mais attends donc.. ce n'est pas fini.

... Ne vous étonnez pas des façons de mon merle blanc. Il a le caractère gai, voilà tout, mais c'est le meilleur garçon du monde, et je suis sûre que Noémie en raffolera.

— Je crois bien ! s'écria Noémie. Pourvu, bien entendu, qu'il ne soit pas blond !

... A ce propos, prie donc ma chère nièce, quand elle aura le temps, de me broder...

— Oui... oui... c'est entendu, interrompit Noémie, je lui broderai tout ce qu'elle voudra, cette chère tante, mais pas aujourd'hui, car nous n'avons pas le temps. Vite... vite... Toi, pépère, commence par aller mettre ta redingote.

— Une redingote !... Pourquoi faire ? s'étonna M. Javelin.

— Mais pour recevoir ce jeune homme !

— Mais je ne pourrai pas faire de la peinture en redingote !

— Il ne s'agit pas de peinture ! Il s'agit d'édifier le bonheur de ta fifille.

— Enfin, puisqu'il s'agit d'édifier, sacrifions, une fois, la peinture à l'architecture.

— Moi, pendant ce temps, je vais avertir Phémie, m'habiller... Dieu ! Dire que peut-être en ce moment, le train entre en gare. Vite... vite... ne perdons pas une minute !

Et elle pénétra dans la villa en criant :

— Phémie !... Phémie !... nous avons du monde à dîner...

Le reste se perdit dans les profondeurs de l'immeuble.

M. Javelin hocha la tête.

— Toutes les mêmes, ces satanées fillettes. Au fait... j'étais comme elle quand j'ai épousé sa pauvre mère... Allons mettre ma redingote, puisqu'elle le désire Et Dieu veuille que cette affaire réussisse !

Et, à son tour, il pénétra dans la villa.

II

HISTOIRE D'UN MUR ET D'UN BELVÉDÈRE

Devant la joie de M. Javelin à la pensée qu'un prétendant allait se présenter à la main de Noémie, je serais désolé que vous crussiez un seul instant que le bonhomme était pressé de se débarrasser de sa fille.

Non.

Je vous ai dit que M. Javelin avait eu le malheur de perdre sa femme de très bonne heure et que, voyageant pour la nouveauté du commencement de l'année à la fin, il avait été bien empêché de se livrer aux douceurs de la paternité.

Il n'en adorait pas moins Noémie pour cela.

Seulement, il n'avait pas l'habitude de la vie de famille, supposait qu'il n'était point à la hauteur de sa tâche de père, songeait mélancoliquement que, peut-être, il ne donnait pas à sa fille toute la joie qu'elle pouvait espérer et qu'au demeurant, quand elle aurait un mari, elle serait enfin la plus heureuse des femmes.

Pour lui, il serait délivré du tracas d'avoir toujours à ses côtés une grand fille dont on ne sait jamais si elle est contente, et il pourrait vivre suivant ses goûts qui étaient les plus simples du monde.

Et il lui apparaissait que lorsque Noémie serait mariée, tout serait pour le mieux dans le meilleur des mondes possibles.

Qu'est-ce qu'il demandait, M. Javelin, pour être heureux ?

Si peu de choses !

Se lever tard après avoir pris, dans son lit, un bon chocolat bien crémeux; se livrer à sa passion pour la peinture en attendant l'heure du déjeuner; après, une petite sieste d'une heure dans son fauteuil, l'hiver, au coin du feu, et l'été, sous un arbre de son jardin; à cinq heures, aller prendre son apéritif en compagnie des notables du pays et là, jusqu'à l'heure du dîner, taquiner la dame de pique et se livrer à de savantes coupes du manillon second, puis, le soir, son café pris, aller se coucher dans un bon lit et ne faire qu'un somme jusqu'au lendemain.

— *Mon ombrelle mauve!* (p. 2.)

On le voit, c'étaient là des goûts fort simples, à portée de sa main, et auxquels il pourrait s'adonner librement dès que sa fille ne serait plus à rôdailler et bavarder autour de lui.

Il y avait bien encore une chose à laquelle M. Javelin avait longuement rêvé au temps où il escomptait les joies de la retraite.

En ces époques lointaines, quand le soir, sa tâche finie, M. Javelin s'endormait dans une chambre d'hôtel, jamais la même, encore fatigué des trépidations des trains où il passait la moitié de sa vie, le bon M. Javelin songeait :

— Quand je serai enfin retiré des affaires, je veux habiter près d'une voie ferrée et regarder tout à mon aise passer les trains où je ne serai plus obligé de monter.

Et, en effet, dès qu'il l'avait pu, il avait acquis au pays natal un lopin de terre presque en bordure du chemin de fer et y avait fait élever la confortable villa qu'il habitait à cette heure.

A la vérité, entre sa villa et la voie ferrée, il existait bien un jardin où s'élevait un petit pavillon recouvert de tuiles vernissées et miroitantes au soleil, le tout appartenant à un certain M. Touffe, ancien huissier, lequel, ayant vendu son étude, se reposait de ses anciens exploits en cultivant pour son agrément le chou de Bruxelles, la laitue et le radis printanier.

Tout d'abord, M. Javelin s'était dit :

— Cet excellent Touffe est un ami d'enfance; pour me faire plaisir, certainement, il consentira à me vendre son jardin, et de cette façon, je pourrai étendre ma propriété jusqu'à la voie ferrée.

Mais l'excellent M. Touffe avait passé par dessus les souvenirs d'enfance et refusé tout net de vendre son jardin à la première ouverture qui lui en fut faite.

— Bon! se dit M. Javelin, je vois ce qu'il en est. J'ai trop bavardé. Maintenant ce Touffe sait que je tiens à son petit enclos et, en sa qualité d'ancien huissier, il rêve de me le faire payer le double de sa valeur. Patientons et laissons dormir l'affaire, d'autant plus que, somme toute, ce jardin ne me gêne en rien, et, de la fenêtre de ma chambre à coucher, je puis tout à mon aise voir passer les trains.

Et il fit celui qui s'en moque.

Mais le désir de s'arrondir n'en demeurait pas moins vivace et la vue de ce jardinet, avec son petit pavillon aux tuiles vernissées et miroitantes, où une girouette faisait tourner à tous les vents un chasseur précédé de son chien, l'empêchait de savourer la joie de voir filer des trains dont il avait le bonheur exquis de n'être pas le voyageur.

Alors, n'y pouvant tenir, il fit offrir à Touffe le double exactement de la valeur du jardinet, mais Touffe demeura inébranlable dans sa résolution de ne pas vendre.

Javelin vit dans ce refus obstiné une pure méchanceté de son ancien camarade de jeunesse, méchanceté que ne pouvait inspirer que la jalousie la plus basse et la plus vile. Car il était de toute évidence que Javelin était plus riche que Touffe, mieux considéré, d'ailleurs, dans le pays et la villa qu'il venait de faire construire détrônait à jamais dans l'admiration donzéroise la maison que Touffe possédait sur la route nationale et dont, jusqu'à ce jour, la petite ville de Donzère s'était montrée très fière.

Et, dès cet instant, M. Javelin cessa de parler à son ancien ami Touffe et même de le saluer quand il le rencontrait.

Ce fut une faute, une lourde faute, et combien M. Javelin eût été mieux inspiré en procédant à une habile tactique de désintéressement complet et en ayant l'air de ne pas tenir autant que cela au jardin de Touffe, comme en ne lui témoignant pas une pareille hostilité au sujet de son refus.

Après tout, le bonhomme Touffe n'était point gêné et n'avait pas besoin de faire argent de son petit clos; d'autre part, c'était là qu'il s'adonnait à sa passion pour les choux de Bruxelles, les laitues et les radis printaniers et, à tout prendre, en admettant, bien entendu, qu'il fût innocent de la jalousie dont Javelin l'accusait, car nous ne voudrions point prendre parti entre les deux anciens amis.

Aussi, la première fois qu'il rencontra Javelin et qu'il remarqua l'obstination de l'ancien commis-voyageur à garder son chapeau sur sa tête, Touffe prit une colère terrible et jura ses grands deux que, d'une façon ou d'une autre, il saurait se venger d'un tel outrage : c'était la guerre allumée, et Donzère s'apprêta à marquer les coups.

Nous avons dit que le jardin de M. Touffe était mitoyen de celui de M. Javelin et que de sa fenêtre celui-ci pouvait voir tout ce qui se passait dans l'enclos voisin.

Dès lors, sous prétexte de regarder passer les trains, M. Javelin ne quitta plus la fenêtre de sa chambre, de telle sorte que lorsque l'infortuné Touffe arrosait ses pieds de laitue, pinçait ses choux de Bruxelles ou binait ses planches de radis printaniers, il sentait dans son dos le regard goguenard de son ennemi, et cela lui paraissait intolérable. D'autre part, au café, Javelin ne se gênait guère pour proclamer, entre deux passes de manillon second, qu'un jour ou l'autre il faudrait bien que le jardin de ce crétin de Touffe lui appartînt et que, pour cela, il n'épargnerait ni son argent, ni son temps, ni sa patience.

Bien entendu, Touffe était informé de ces tartarinades et il en était furieux.

Aussi, un jour :

— Ah! c'est comme ça, s'écria l'ancien huissier. Eh bien, nous allons rire!

Et, sans perdre une minute, il s'en fut trouver le père Guerand, le maître-maçon de Donzère, et eut avec lui un conciliabule mystérieux qui tint tout le pays dans l'attente de l'événement qui allait se produire et que l'on devinait gigantesque.

La curiosité de Donzère n'eut pas longtemps à s'exercer, car quatre ou cinq jours après ledit conciliabule, maître Guérand, accompagné de deux ouvriers et de trois manœuvres, s'en vint de grand matin au jardin de M. Touffe et résolument se mit à l'œuvre.

Quand le pauvre M. Javelin se réveilla et ouvrit sa fenêtre et qu'il vit le chantier ouvert et les six hommes besognant déjà, il eut un coup au cœur et pressentit quelque malheur irréparable.

A tout prix, il voulut savoir et, s'adressant au maître maçon :

— Holà, père Guerand... et quelle sorte de travail allez-vous faire?

Le vieux maçon leva la tête, sourit et, ayant salué M. Javelin d'un *adessias* respectueux, il répondit :

— Ma foi, c'est un mur que nous allons faire, monsieur Javelin.

— Un mur?... Mais il me semble qu'il y en a déjà un.

— Bien sûr, mais nous allons le monter un peu plus.

— Vous allez l'élever?

— De cinq ou six mètres, oui, monsieur Javelin.

L'ancien marchand de nouveautés eut une sueur froide. Un mur de cinq ou six mètres, Seigneur Dieu! Mais alors sa vue allait être masquée à tout jamais, il ne pourrait plus voir passer les trains; et non seulement la vue de la voie lui serait dérobée désormais, mais encor tout ce si joli petit paysage qui l'égayait, le matin, à son réveil, les champs dévalant vers le Rhône, le grand fleuve roulant vers la mer ses eaux impétueuses à travers les fines et menues feuilles des fayards et des saules et, plus loin, cet amphithéâtre de collines cévenoles qui revêtaient des tons si fins au soleil levant!

Et, dans son désespoir, il ne put s'empêcher de s'écrier :

— Mais ce mur va me masquer tout mon horizon!

Maître Guérand eut un geste d'impuissance :

— Il est un fait que le soleil couchant, désormais, ne risquera plus de brûler votre jardin!

— Mais c'est un massacre! s'éplora l'infortuné Javelin.

— Que voulez-vous, c'est son idée, à cet homme, et je n'y puis rien.

— Mais je saurai bien l'en empêcher et dès maintenant je vais trouver le juge de paix!

Il s'habilla en hâte, courut vers la gare, prit le train pour Pierrelatte et s'en vint consulter le juge de paix du canton.

Mais celui-ci ne put que le consoler et déplorer avec lui la fâcheuse idée de ce maudit Touffe.

A part cela, il n'y avait rien à faire; Touffe était chez lui et nul au monde, nulle puissance ne pouvait l'empêcher d'élever une muraille aussi haute que la façade du théâtre antique d'Orange si tel était son bon plaisir. La loi était dure, mais c'était la loi!

Et pour la première fois de sa vie de bon citoyen et de fidèle contribuable, M. Javelin osa proférer ce blasphème :

— On a bien raison de dire que la loi est faite pour les malhonnêtes gens !

Il rentra chez lui, se coucha et fit une maladie de huit jours. Quand il put se lever, le mur avait déjà cinq mètres cinquante de haut et le regard de M. Javelin vint s'y buter. Il lui parut désormais qu'il était le locataire de quelque préau de prison cellulaire.

— Ah ! le gueux !... Ah ! le bandit !...

Mais il se contint, car il ne voulait pas retomber malade, et même, le soir, il se rendit à l'apéritif, craignant que son absence ne fît triompher son ennemi.

D'ailleurs, lui aussi venait d'avoir une idée, et une idée de génie.

— Ah ! ce scélérat de Touffe a voulu me barrer ma vue ! A d'autres, mon garçon, tu vas voir de quel bois se chauffe Javelin et si les rieurs seront toujours de ton côté.

Et le soir même, il pria maître Guerand de passer chez lui pour une affaire urgente et ne souffrant aucun retard.

De nouveau, Donzère fut dans l'expectative de quelque sensationnel événement.

Or, l'idée de M. Javelin était simple, en vérité. Puisque Touffe avait voulu lui couper la vue en élevant un mur devant sa maison, lui, il allait élever sa maison, et, par dessus le mur de Touffe, si haut fût-il, quand même il verrait passer les trains et admirerait le paysage qu'on avait voulu abolir pour lui.

Malheureusement, maître Guerand avoua à M. Javelin que ce serait une grosse dépense que d'ajouter un étage ou deux à sa villa sans parler que cela l'enlaidirait et lui ferait perdre cette élégance tant admirée des habitants de Donzère.

Et M. Javelin se gratta le nez, ce qui était chez lui l'indice de la plus grande des réflexions.

Mais il était ingénieux, M. Javelin.

— Bon, fit-il, je n'élèverai pas ma maison. Mais qui m'empêche de construire une tour ?

— Rien ! avoua Guerand.

— N'est-ce pas.

— Je dois même dire que cela fera très bien dans votre jardin.

— Alors...

— Je vous ferai quelque chose de coquet et de joli qui fera courir tout Donzère. Une façon de tour Eiffel, en moins haut, bien entendu, avec un escalier en colimaçon dans l'armature et, en haut, un joli petit mirador vitré et surmonté d'une girouette.

— Bravo ! applaudit M. Javelin. Et cela me coûtera-t-il cher ?

— Bah ! Vous n'êtes pas à quelques billets près.

— Non.

— Et M. Touffe en fera une maladie.

— Ce sera bien son tour !

Et maître Guerand se mit à l'œuvre.

Tout Donzère suivit les travaux, ne comprenant pas d'abord de quoi il s'agissait.

Mais Guerand mit cinq ou six ouvriers en chantier, et le belvédère s'éleva rapidement, pour la plus grande admiration des Donzérois, mais la plus grande colère de cet envieux de Touffe qui avait fait élever son mur en pure perte.

D'ailleurs, il ne voulut pas en avoir le dernier mot, Touffe, et, allant trouver Guerand :

— Vous allez m'élever mon mur.

— Encore !

— Toujours !

— Mais il a déjà six mètres.

— Ce n'est pas assez, je veux qu'il en ait dix, vingt, cent... Je veux qu'il soit plus haut que cette espèce de tour ridicule que vous avez construite pour cet idiot de Javelin.

Guerand réfléchit une minute.

En somme, il n'était ni pour Javelin ni pour Touffe, lui, il était maçon et il eût élevé le mur jusqu'au ciel s'il l'avait fallu, quitte après à surélever la tour de Javelin; ainsi, il se sentait du travail sur la planche.

Mais c'était un honnête homme et un entrepreneur consciencieux, espèce rare, et il dit :

— Je vais vous dire, monsieur Touffe, il n'est guère possible de monter plus haut votre mur.

— Et la raison ?

— La raison, c'est que les fondations sont trop faibles pour supporter un plus grand poids de maçonnerie.

— Eh bien, renforcez-les.

— Cela coûtera cher.

— Je ne regarde pas à la dépense.

— Dans ces conditions... avec de bons contreforts !...

Et le bon Guerand allait se mettre à l'œuvre quand, fort malencontreusement, M. Touffe se laissa mourir.

Il se mit en colère, un soir, en voyant braquer sur lui les jumelles de M. Javelin qui le lorgnait du haut de sa tour, prit un coup de sang et mourut le soir même sans avoir eu le temps d'écrire ce fameux testament par lequel il léguait toute sa fortune à maître Guerand, à charge pour lui de monter le mur toujours plus haut, jusqu'au ciel s'il le fallait, afin de masquer l'horizon de son ennemi.

On lui fit des obsèques magnifiques, et, comme il avait, en somme, bon cœur, M. Javelin se garda bien de triompher trop bruyamment, bien qu'il exultât dans son cœur, pensant que, sans doute, l'héritier de Touffe se montrerait de meilleure composition que le défunt et qu'il pourrait acquérir de lui le fameux jardin dont il ferait abattre immédiatement le mur.

Touffe étant vieux garçon, dès le retour du cimetière, M. Javelin s'enquit auprès de M. Benistan, le notaire de Donzère, du nom du légataire universel.

— Ma foi, répondit M. Benistan, je ne crois pas qu'il y ait un testament, à moins qu'il ne soit olographe et parmi les papiers du défunt. A défaut de dispositions testamentaires, la fortune de M. Touffe reviendrait donc à son neveu.

— Et ce neveu ? demanda l'ancien commis-voyageur anxieux.

— Ce neveu est un nommé Léonard Margoulat, fils d'une sœur de M. Touffe et que l'ancien huissier a élevé, ce dont il n'a guère été récompensé, d'ailleurs.

— Vraiment !

— Un mauvais sujet s'il en fût, que tout le

monde a connu à Donzère où il venait passer ses vacances, car il était au collège de Valence; un vilain garnement, révolutionnant le pays par ses farces de mauvais goût et ses méchants tours, un écervelé, un paresseux, un propre à rien, un artiste, en un mot.

— Un artiste ? fit M. Javelin vivement intéressé, car du moment que le présumé légataire était un artiste comme lui, sans aucun doute, y aurait-il moyen de s'entendre.

Le notaire reprit :

— Oui, un artiste, un musicien, un racleur de violon, je ne sais quoi, mais un bien triste sire, à coup sûr. Ce bandit-là a fait le désespoir de son oncle qui lui avait servi de père. On peut dire que c'est aux soucis que ce flibustier lui a causés que ce pauvre M. Touffe a dû ses premiers cheveux blancs. Ah ! c'est qu'il lui en a fait voir de toutes les couleurs ! Voilà un gaillard qui n'a jamais voulu passer son baccalauréat, ce qui lui aurait ouvert les plus belles carrières, telles que l'enseignement, l'administration ou le notariat. Non, monsieur a voulu être artiste ! Si on a idée d'une pareille idée ! Ce pauvre Touffe disait : « Cela lui passera quand il aura été soldat... » Il fut soldat, dans la musique, bien entendu, et, son service terminé, il voulut aller à Paris se faire un nom, comme il disait. Un joli nom ! Il s'en est fait un ici, dans le pays, où il a emprunté à Pierre et à Paul, devant à tout le monde et ne rendant jamais. Tant et si bien qu'un beau soir, lassé de payer ses dettes, sans compter mille autres frasques qu'il serait trop long de vous raconter, son oncle vous le ficha à la porte, et c'est tout ce qu'il méritait.

Il était de toute évidence que le notaire devait être un de ceux à qui ce Léonard Margoulat avait emprunté de l'argent pour qu'il en parlât avec une telle acrimonie.

— Et maintenant ce neveu ? demanda M. Javelin, fort intéressé par ce qu'il venait d'apprendre.

— Maintenant... quoi ?

— Eh bien, maintenant, qu'est-ce qu'il fait, ce neveu-là ?

— Qui le sait ! s'écria le tabellion en levant les bras au ciel.

— Mais si c'est lui l'héritier ?

— Ah ! il aura vite fait de dilapider les quatre sous de son oncle !

— Mais où le trouverez-vous ?

— Dame, il faudra bien faire des recherches.

M. Javelin ne voulut pas en savoir davantage; cela lui suffisait amplement.

Il était de toute évidence que si le notaire disait vrai, ce Léonard n'hésiterait pas une minute à vendre le jardin de son oncle, et c'est tout ce que demandait M. Javelin.

Aussi s'inquiéta-t-il de savoir si M. Touffe n'avait pas laissé d'autre testament. Au bout d'une huitaine, ayant rencontré le notaire :

— Eh bien, lui demanda-t-il, et l'héritage Touffe ?

— Ma foi, les scellés ont été levés et l'on n'a rien trouvé.

— Alors ?

— Alors, c'est le Margoulat qui hérite, bien entendu. Pauvre Touffe ! Comme il doit souffrir en pensant que cette fortune, qu'il a économisée sou par sou, on peut le dire, va être dilapidée en moins de temps qu'il ne faut pour le dire par ce chenapan, ce mauvais sujet...

— Et vous l'avez déniché ?

— Non. J'ai écrit à Paris, à sa dernière adresse, et on m'a répondu par ce seul mot : « Inconnu. » Alors, je me suis adressé à la préfecture de police et j'ai fait mettre une annonce dans les journaux, et maintenant, j'attends.

— Soyez tranquille, dès qu'il apprendra que son oncle est mort et qu'il est son légataire universel...

— Bah ! Qui sait, avec ces artistes ! D'autant plus que cet héritage sera fort écorné, tous ses créanciers ont déjà fait opposition et moi-même...

— Il vous doit ?

— Dame !

— Dans ce cas, si son héritage est mangé à l'avance par ce qu'il doit, peut-être ne se présentera-t-il pas.

— Cela s'est vu.

— Et alors ?

— Alors... ma foi... je ne sais trop. On ferait vendre par autorité de justice, on réaliserait et le montant de ce qui resterait, les dettes payées, serait déposé à la Caisse des dépôts en consignations.

— Ce serait drôle ! assura M. Javelin en se frottant les mains.

C'est qu'il était tranquille désormais; quoi qu'il advint, il était sûr de pouvoir acheter le jardin. Rien ne pouvait lui être plus agréable.

Et il attendait avec patience.

Cela se passait quelques jours avant le moment où commence ce récit, et, comme les bonheurs arrivent en foule, dit le proverbe arabe, voici que sa sœur, cette bonne Coralie Lambrusque, écrivait qu'elle venait de dénicher un prétendu pour sa fille Noémie.

Aussi M. Javelin était aux anges et il eut été difficile trouver dans tout Donzère et même dans tout l'arrondissement de Montélimar un homme plus heureux qu'il ne l'était ce matin-là, en revêtant sa redingote, afin de recevoir dignement le protégé de sa sœur Coralie qui allait débarquer par le train de dix heures vingt.

III

UN ÉTRANGE VISITEUR

Cependant, M. Javelin avait fini de se sangler dans sa belle redingote, qu'il ne revêtait que pour les grandes fêtes et qui le gênait un peu aux entournures, car il avait grossi depuis qu'il s'était retiré des affaires. Et il était descendu au rez-de-chaussée :

— Eh bien, fifille, suis-je convenable ?

Mlle Noémie jeta un coup d'œil rapide sur son père :

— Parfait... Il n'y a que le nœud de ta cravate...

— Sacré nœud !... Je ne peux jamais le réussir... Tiens, fais-le toi-même.

Et, levant le menton, il s'approcha de sa fille. Noémie se baissa un peu, car elle avait la tête de plus que M. Javelin, et se mit en devoir de rétablir l'esthétique de cette cravate récalcitrante.

Mais tout à coup :

— Ah ça ! Où as-tu donc fourré ta cravate ? Elle est toute poisseuse.

M. Javelin eut un sourire de fatuité artistique :

— Ce n'est rien... c'est la peinture, fit-il simplement.

— La peinture ?...

— Oui, je me suis aperçu au dernier moment que je n'avais pas de cravate blanche, alors... j'en ai pris une noire et... je l'ai peinte en blanc !

Mlle Noémie haussa les épaules, mais elle n'avait pas le temps de s'indigner; simplement, elle dit :

— Tu en as des inventions !... Ton col est tout maculé maintenant ! Enfin, il est trop tard pour que tu en cherches une autre. Et cette Phémie que je ne trouve pas !

— Elle sera allée au marché, sans doute.

— Il n'y aura rien de fait pour le dîner et je ne suis même pas habillée !

— Eh bien, dépêche-toi, fit M. Javelin. Moi, pendant ce temps, comme je ne puis faire de la peinture avec une redingote, je m'en vais lire le journal dans le jardin.

— Il est bien temps de lire le journal, aujourd'hui !

— Comment ?

— Un jour où l'on attend le fiancé de tante Coralie !

— En voilà-t-il une affaire ! D'ailleurs, aujourd'hui plus que jamais il me faut lire le journal...

— Pourquoi cela ?

— Pourquoi cela ?

— Mais parce que c'est aujourd'hui que paraît la liste des numéros gagnants de la grande loterie des Vieillards tuberculeux. Au fait, où a-t-on fourré mon *Mémorial* ?

Et il se mit à chercher par la salle à manger, dérangeant tout et semant le désordre sur son passage.

Du coup, Noémie s'impatienta :

— C'est ça, saccage tout maintenant ! Tu le trouveras demain, ton *Mémorial*.

— Mais le tirage !

— Ah ! bah...

— Ah ! bah... Si j'avais gagné le gros lot de cinq cent mille francs !

— Tiens, fit Noémie, comprenant que son père lui faisait perdre son temps, tu ferais mieux d'aller doucement jusqu'à la gare attendre ce jeune homme. Tu lui offrirais l'apéritif au café de la Colonne, et cela nous donnerait le temps, ici, de tout préparer.

— Mais je ne le connais pas, ce jeune homme.

— C'est facile, il ne descend pas tant d'étrangers ici. D'ailleurs, un grand brun...

— Comment sais-tu qu'il est brun ?

— Parce que tante Coralie ne m'aurait jamais choisi un fiancé blond, connaissant mes goûts.

— Pourtant...

— Je te dis qu'il est brun !

— Et s'il était blond, il faudrait le remettre dans le train ? plaisanta M. Javelin.

Mais Noémie était déjà loin, remontée dans sa chambre pour se mettre en toilette.

M. Javelin haussa les épaules.

— Ces petites filles !

Mais, somme toute, comme il n'osait désobéir à sa fille, il coiffa son chapeau, prit sa canne et sortit, songeant :

— En passant, j'achèterai un journal du jour puisque l'on m'a perdu mon *Mémorial*.

Or, M. Javelin n'avait pas fait dix mètres sur le chemin fleuri de cognassiers qui conduisait au village qu'il se passa dans le jardin de sa villa une chose si extravagante que s'il en avait pu être le témoin, sûrement, il en eût été profondément stupéfié.

Mais la chose, rapide, se déroula loin de tout regard indiscret; la villa était vide; Mlle Noémie, dans sa chambre, trop préoccupée de sa toilette pour s'intéresser à ce qui se passait à l'extérieur; il faut dire aussi que sa chambre ouvrait ses fenêtres au levant et que l'incident en question eut pour théâtre la partie du jardin comprise entre la villa et le fameux mur de M. Touffe.

Voici donc que, tout à coup, à la crête de ce mur haut pourtant de six mètres, ainsi que nous l'avons dit, une tête parut qui examina curieusement le jardin et la villa de M. Javelin; puis, après la tête, un buste se montra et enfin le corps tout entier d'un homme jeune.

Une fois à cheval sur le mur, avec une adresse, une agilité, un virtuosité vraiment incomparables, le jeune homme se pencha, saisit une branche de peuplier de Virginie et s'y accrochant, se lança tout soudain dans le vide.

La branche était légère, elle cassa et notre bonhomme, d'une hauteur de six mètres, vint s'affaler lourdement au beau milieu d'un massif de troènes, non sans dégât pour ces élégants arbustes.

Il y avait certainement de quoi se rompre cent fois le col.

Mais le jeune homme qui s'introduisait d'une façon aussi originale dans le jardin de M. Javelin devait être assurément un gymnasiarque consommé, car on eût pu le voir se tirer de son massif de troènes, se tâter, faire jouer ses principales articulations, puis, ayant sans doute constaté que tous ses membres étaient à la place que leur avait assignée dame nature et, qu'ils jouaient parfaitement, éclatant d'un bon rire :

— Ouf ! Je m'en suis mieux tiré que je ne pensais !

Puis, regardant autour de lui :

— Maintenant, il s'agirait de savoir chez qui je suis tombé et que, pour échapper à un mal, je ne me précipite pas tête baissée dans un pire.

Son inspection fut rapidement faite :

*

— Petit jardin... derrière d'une villa qui doit être somptueuse... Ce perron de cinq marches conduit sûrement aux cuisines; la maison est sûrement habitée, car cette porte exhale de bonnes et suaves odeurs de pot-au-feu... mais elle est sûrement déserte en cet instant, car après le bruit que vient de faire mon entrée en scène, à moins que les locataires ne soient sourds comme de vieux pots, ils auraient dû accourir et me recevoir avec tous les honneurs qui me sont dus. Donc, il s'agit de ne pas perdre son temps, d'agir promptement et de ne point se faire sottement pincer. Hardi, mon gars, du courage et de l'aplomb ! C'est qu'il n'y a pas à dire, je ne suis pas précisément en tenue de soirée, et si je me trouvais tout à coup en face des habitants de cette familiale demeure, j'aurais de la peine à me faire passer pour un gentleman qui vient dire un petit bonjour en passant !

A vrai dire, le costume de ce jeune homme n'était point pour inspirer la plus illimitée des confiances. Nu-tête, les cheveux et la barbe brune en désordre, son col ne s'adornait d'aucun linge; la chemise de flanelle rouge que ne voilait aucun gilet était plus noire que la poêle à frire dont se servait Phémie, et sa veste, comme son pantalon, d'ailleurs, étaient réduits à l'état de lamentables loques; mais, détail savoureux, ce gentleman aussi dépenaillé était élégamment chaussé de bottines vernies et sortant de chez un grand faiseur, sans nul doute.

Il avait donc raison de se méfier de l'accueil que l'on pouvait faire en une maison bourgeoise à un garçon aussi dépenaillé et qui avait, d'ailleurs, de si plaisantes façons de pénétrer chez le monde.

Mais, tandis que je vous campe ainsi sommairement la silhouette fâcheuse de ce nouveau venu, il avait lestement grimpé les cinq ou six marches du perron, lequel laissait pénétrer, comme il l'avait supposé, en une cuisine fort bien tenue et toute miroitante de cuivres reluisants; sur le fourneau, un pot-au-feu ronronnait doucement, laissant échapper une vapeur suave et tentante qui chatouillait doucement les narines.

— Si je n'étais pas aussi pressé, murmura le jeune homme, volontiers écumerais-je ce pot-au-feu. Mais, bien que la faim me morde les entrailles, ce n'est pas le moment de s'attarder aux bagatelles de la cuisine. Grouillons-nous ! Sûrement, cette villa, je le devine, est construite d'après ce que les architectes modernes et dédaigneux dénomment un « plan de maçon ». Donc, cette cuisine donne sur un couloir, à droite et à gauche duquel s'ouvrent la salle à manger et le salon; et, au milieu la porte d'entrée. Vérifions ces suppositions, mais avec prudence.

Et après un regard de regret au pot-au-feu, il ouvrit la porte intérieure de la cuisine.

Comme il l'avait supposé, elle donnait sur un couloir au bout duquel s'ouvrait la porte d'entrée.

Il s'y aventura sur la pointe des pieds, faisant le moins de bruit possible.

Mais comme il allait pousser la porte, laquelle n'était d'ailleurs qu'entre-bâillée, il entendit un pas lourd qui montait les marches d'un perron.

— Pincé !... soupira-t-il, *pinçatus sum !*

Et se dissimulant contre la muraille, il attendit les événements.

Cependant la porte venait de s'ouvrir et un homme venait d'apparaître, en blouse bleue ceinturée de cuir et coiffé d'une casquette sur le devant de laquelle ces trois lettres étaient brodées en coton rouge : P.- L.- M. L'homme portait une volumineuse valise en peau de truie.

Ayant aperçu le jeune homme, l'homme d'équipe, car sa casquette trahissait sa condition, le salua congrûment et demanda :

— C'est ici M. Javelin ?

— Il faut le croire, répondit l'autre, commençant à se rassurer.

— Alors, voilà une valise qu'un voyageur qui vient de descendre du train de dix heures vingt m'a dit d'apporter.

— Ah !

— Oui. Moi, vous comprenez, je suis nouveau dans le pays et je ne connais encore personne, arrivé seulement depuis trois jours. Alors, je ne saurais vous dire le nom d'un voyageur qui m'a chargé d'apporter ici cette valise. Ah ! si ç'avait été à Jonquières, où je suis resté deux ans, je pourrais vous renseigner, car je connaissais tout le monde à dix lieues à la ronde. Mais ici, c'est macache et midi sonné !

Et comme l'autre se taisait, assez interloqué, mais bénissant les dieux que cet homme d'équipe fût nouveau dans le pays, l'employé ajouta :

— Ce n'est pas la peine de me donner un pourboire, j'ai été payé pour ma course. Mais tout de même, j'accepterais bien un verre de vin, si toutefois le bourgeois voulait me l'offrir, car il fait rudement chaud dans ce pays et le chemin n'est guère ombragé pour venir jusque chez vous.

Décemment, on ne pouvait refuser un verre de vin à cet homme ; sans doute il devait y avoir une bouteille et des verres à la cuisine ; et l'inconnu prononça :

— Puisque vous ne refuseriez pas un verre de vin, mon brave, on va tâcher de vous satisfaire. Venez donc par ici.

Et l'étrange visiteur de M. Javelin introduisit l'employé du chemin de fer dans la cuisine où il eut vite fait de dénicher une bouteille et deux verres.

Au fond de lui-même, il eût préféré être ailleurs, car il se disait :

— Si quelqu'un survient, gare à la casse !

Et il emplit les deux verres jusqu'au bord.

Après avoir trinqué, ainsi qu'il se doit entre gens de bonne compagnie, l'homme d'équipe essuya sa bouche d'un revers de sa manche et apprécia :

— Mâtin... il est fameux ! A Jonquières aussi, il y avait du bon vin. Et, sans doute que vous êtes le domestique de ce M. Javelin ?

— Si vous voulez, consentit le jeune homme.

L'homme d'équipe éclata de rire :

— Vous êtes un farceur, vous.

Puis il déposa la valise qu'il avait toujours gardée à la main sur une chaise et, ayant souhaité le bonsoir, il se retira.

— Maintenant, fit le jeune homme, il s'agirait de jouer l'ouverture de la fille de l'air, car il pourrait survenir un autre quidam qui n'arriverait pas de Jonquières, celui-là !

Mais il se frappa le front; la vue de la valise venait de lui suggérer une idée :

— Au fait, se dit-il, voilà une valise qui me donne une raison d'être, dans cette demeure. Si ce M. Javelin, qui doit être le maître de céans, ou quelqu'un des siens survenait, je n'aurais qu'à lui dire :

— J'apporte cette valise qu'un voyageur, débarqué du train de dix heures vingt m'a chargé de vous remettre en mains propres. Et voilà !

Puis soupirant :

— Mâtin, en a-t-il une belle valise, l'inconnu qui débarque du train de dix heures vingt ! Si j'en avais une pareille, c'est moi qui en serais fier et qui ne la confierais pas à un homme d'équipe, fût-il de Jonquières ! Si le contenu est aussi bien que le contenant !... Au fait, qui m'empêche d'y jeter un coup d'œil. Je ne suis plus si pressé, maintenant, et pendant ce temps, le garde-champêtre fidèle agent des lois aura le loisir de parcourir du pays,.. après mes trousses !

Et comme la valise n'était fermée qu'à l'aide de ses deux courroies, sans façon, le jeune gentleman l'ouvrit.

— Mazette ! fit-il admiratif, en nommant les objets au fur et à mesure qu'il les déballait, une redingote noire, gilet de fantaisie, pantalon clair, chemise, cravate, faux-cols, manchettes, rien n'y manque. Le propriétaire de cette valise doit être pour le moins un attaché d'ambassade. En tout cas, il est un peu mieux nippé que moi ! Mais... Mais...

Il se gratta le front, en proie à une tentation désordonnée.

Pourtant :

— Non, mon vieux, tu ne feras pas cela. Cependant... Je ne connais pas le propriétaire de cette valise, moi, et, comme l'a dit Bilboquet, cette valise n'est à personne, donc elle est à moi. Et puis ce serait drôle de se promener dans le pays, vêtu en attaché d'ambassade, à la barbe au garde champêtre et des autorités constituées qui ne me reconnaîtraient plus dans ces habits somptueux ! Ma foi... la faim excuse les moyens et la débine aussi. On verra plus tard à s'arranger avec le propriétaire de cette tenue de cérémonie.

Et, prompt comme la pensée, notre jeune homme dévêtit ses guenilles, passa la blanche chemise, y attacha faux-col et manchettes et noua autour une régate affolante, puis, ayant boutonné le gilet, il pénétra dans le pantalon clair, ce qui fit valoir la richesse de ses souliers vernis, puis enfila la redingote et, en un clin d'œil, fut transformé en un impeccable clubman; les vêtements lui allaient comme un gant, et on eût dit qu'ils avaient été faits sur mesure.

Quand il se vit ainsi transformé, il éclata joyeusement de rire :

— Non, mais si les camarades me voyaient ainsi déguisé en notaire, ce qu'ils s'en payeraient une tranche !

Puis, ayant hoché la tête :

— Soyons honnête tout de même et faisons honorablement les choses.

Et délicatement, ayant plié les hardes qu'il venait de quitter, il les posa précieusement dans la valise qu'il referma puis :

— Et maintenant, en route, et... nargue du garde champêtre. Je crois que je puis sortir la tête haute de cette maison où je suis entré d'une façon plutôt piteuse. Et surtout, mettons un peu d'ordre.

Il remit en place la bouteille et les verres, prit la valise qu'il posa sur une chaise, dans l'antichambre, car la place d'une valise n'est pas dans une cuisine, songea-t-il, et il allait sortir quand il entendit des voix dans le jardin.

— Pincé... *Pinçatus sum* !

Mais avec un haussement d'épaules :

— Bah ! ce doit être là le salon. Pénétrons-y, car la fenêtre doit donner dans le jardin, et enjamber une fenêtre n'a jamais fait peur à un homme comme moi.

Et il pénétra dans le salon dont il referma la porte sur lui.

Il était temps car les voix s'approchaient et elles étaient déjà au bas du perron.

IV

OU LE PROTÉGÉ DE TANTE CORALIE RATE SON ENTRÉE

Cependant Phémie, après avoir lu le *Mémorial de Montélimar* et toute remuée encore par l'horrible fait divers qu'elle y avait dévoré, s'était hâtée de prendre son panier à provisions et de courir chez les divers fournisseurs, pressée d'apprendre de nouveaux détails sur ce farouche cambrioleur qui terrorisait le pays.

Elle était arrivée chez le boucher, M. Savoureux, au plus gros moment de son coup de feu et n'avait guère pu bavarder; de même chez M. Rinchand, le boulanger, qui était en grande conversation avec un de ses gros marchands de farine ; elle pensa qu'elle se rattraperait avec Mme Congourdan, la fruitière de la rue de l'Horloge.

En effet, Mme Congourdan, quand Phémie pénétra dans sa boutique, était justement en train de narrer par le menu les événements du jour à Fanny, la bonne du notaire, et Phémie put rentrer de plein pied dans la conversation.

— Oui, mes petites, disait Mme Congourdan,

vous comprenez que le père Baguette, notre garde champêtre, était sur l'œil ; d'ailleurs, M. le maire n'y était pas allé par quatre chemins, et il lui avait mis ça dans la main : « Mon brave Baguette, débrouillez-vous pour arrêter ce cambrioleur, sinon je vous dégomme ! » lors, à ce matin, quand il eut lu l'entrefilet dans le *Mémorial*, le père Baguette a juré qu'il arrêterait le bandit ou qu'il y perdrait son nom. Et voilà justement que, comme il faisait le guet du côté de la gare, le père Baguette a vu un individu qui ne marquait pas trop bien ; il s'est dit : « Sûrement que c'est notre homme ! » Alors, il est allé quérir du renfort : le concierge de la mairie, le tambourinaire et le cordonnier Pélouille, qui n'a pas froid aux yeux. Pendant ce temps, l'homme de mauvaise mine, comme vous le pensez bien, n'était pas resté là à les attendre. Mais Bleisou, du café de la Gare, l'avait aperçu qui se dirigeait vers le chemin de la chocolaterie...

A ces mots, Phémie frémissante poussa un petit cri d'effroi :

— Du côté de chez nous, alors ?

— Justement, repartit Mme Cougourdan. Ils se dirigèrent vers cet endroit, et le petit Toinet, qui gardait sa chèvre dans le pré de maître Mitifiot, ut leur dire que l'homme en question était entré dans le jardin de ce pauvre M. Touffe.

— Pour cambrioler le pavillon ! fit Fanny.

— Mais c'est derrière nous ! s'écria Phémie. J'espère qu'on l'a arrêté !

— Il paraîtrait qu'ils ont fait le guet tout autour du clos. L'homme n'en est pas encore sorti, à ce que m'a dit Baguette qui allait informer M. le maire et téléphoner à la gendarmerie de Pierrelatte pendant que les autres montent la garde.

— C'est effrayant ! dit Fanny en tressaillant.

— Qu'est-ce que je disais, moi, ajouta Phémie. Sûrement, je n'oserai jamais rentrer chez mon maître, à la pensée que ce bandit qui infecte le pays est peut-être à deux mètres de chez nous !

A ce moment, l'attention des trois commères fut sollicitée par la vue d'un jeune homme qui sortait de l'hôtel du Cheval Blanc, un énorme bouquet à la main.

— Qui est ça ? interrogea Fanny. Le connaissez-vous, madame Cougourdan ?

— Ma foi non. Je l'ai vu passer tout à l'heure, qui arrivait de la gare, ayant débarqué sans doute par le train de dix heures vingt.

— Il a rudement bonne façon, apprécia Fanny qui était connaisseuse.

— On voit tout de suite qu'il n'est pas d'ici, ajouta Mme Cougourdan.

Et, en effet, ce jeune homme était très bien. Coiffé d'un chapeau mou, de couleur claire, vêtu d'un élégant complet beige et chaussé de souliers américains jaunes, on sentait tout de suite que c'était là un jeune homme riche et de bonne compagnie, s'habillant chez les grands faiseurs et sachant porter la toilette.

Il était, en outre, fort joli garçon ; un peu efféminé peut-être, avec son teint éblouissant, ses grands yeux bleus de myope, et sa belle barbe blonde, et ses cheveux abondants et d'un beau blond doré, qu'une raie impeccable partageait en deux derrière la tête.

— Où va-t-il donc, avec son bouquet ? demanda Phémie.

— Sans doute souhaiter la fête de quelqu'un, imagina Fanny.

— Tout à l'heure, quand il est passé, il n'avait pas ces fleurs, fit la fruitière ; peut-être qu'il vient de les prendre à l'hôtel. Pourtant ça n'a pas l'air d'un bouquet confectionné ici.

— Qui donc ça peut-il être ?

Et, fort curieusement, les trois femmes dévisageaient le jeune homme qui se rapprochait d'elles.

D'ailleurs, elles furent rapidement fixées car, comme il se trouvait devant la boutique, il s'approcha des trois femmes, et, les saluant poliment :

— Pardon, mesdames, pourriez-vous me dire où se trouve la villa de M. Javelin ?

A ces paroles inattendues, la stupéfaction de Phémie fut telle qu'elle en eut la voix coupée et ne sut que répondre, et il fallut que Mme Cougourdan, très aimable, et souriante, répondit :

— Vous allez chez cet excellent M. Javelin ?... Ma foi, vous ne pouviez vraiment pas mieux tomber, car voici justement sa cuisinière !

Et elle désigna Phémie, qui, lentement, revenait de son étonnement.

Le jeune homme s'inclina :

— Ah ! Mademoiselle est...

— La bonne de M. Javelin, oui, monsieur. Et si Monsieur veut venir avec moi...

— Je suis heureux de ce hasard !

L'élégant jeune homme salua la compagnie, puis continua sa route, tandis que Phémie glissait à l'oreille de Fanny et de Mme Cougourdan :

— Ce doit être un fiancé pour mamzelle Noémie.

Inutile de dire qu'une petite demi-heure après, dans tout Donzère, on savait que mamzelle Noémie Javelin allait prochainement se marier avec un charmant petit jeune homme blond, qui venait de débarquer par le train de dix heures vingt.

Cependant Phémie guidait le joli jeune homme vers la villa de son maître ; elle allait, son lourd panier au bras, émerveillée de l'aventure, non sans se dire, toutefois, que, sûrement, on allait retenir ce visiteur à déjeuner, et que ce lui serait un surcroît de besogne ; mais, à tout prendre, si, comme elle l'avait supposé, et soufflé d'ailleurs à son amie Fanny et à Mme Cougourdan, ce jeune homme était un fiancé pour mamzelle Noémie, sûrement elle ne plaindrait pas sa peine, car, en son for intérieur, Phémie trouvait que mamzelle Noémie était un peu pimbêche, et elle ne voulait douter qu'elle serait désormais fort tranquille le jour où elle n'aurait que papa Javelin à servir ; dans tous les cas, l'arrivée inattendue et fort imprévue de ce jeune homme venait soudainement de changer le cours de ses pensées, et l'histoire du farouche cambrioleur était désormais bien loin de son esprit.

Ayant débouché devant la mairie, Phémie tourna à gauche et elle songea soudain que ce n'était peut-être pas très poli de ne pas adresser la parole à ce jeune homme, d'autant plus que, habilement, elle pourrait sans doute apprendre quelques détails intéressants sur sa personne, sa situation sociale, ses projets et ses ambitions.

Aussi, elle ne chercha pas midi à quatorze heures pour engager la conversation, et le plus simplement du monde :

— Monsieur n'est jamais venu à Donzère ?

— Non ! C'est la première fois, répondit le jeune homme. Je ne connais pas Donzère, pas plus, d'ailleurs, que M. Javelin !

— Ah ! fit Phémie. Puis :

— Peut-être que vous venez le voir pour affaires ?

— Je viens simplement lui souhaiter le bonjour de la part de sa sœur, Mme Lambrusque, de la Coucourde. D'ailleurs, M. Javelin doit m'attendre, car Mme Lambrusque a eu l'amabilité de le prévenir de ma visite.

—Et, sans doute, fit Phémie, c'est pour mamzelle Noémie que vous apportez ces belles fleurs ?

Le jeune homme rougit comme une jeune fille ; soudain, il parut tout décontenancé et regarda le bouquet qui parut le gêner fort. Mais il ne répondit pas à cette question.

Puis, après un temps, se remettant, il demanda :

— Dites-moi, mademoiselle...

— Je m'appelle Phémie, monsieur, et ce n'est pas la peine de me dire « mademoiselle » à moi.

— Bon, fit le jeune homme en souriant. Alors, Phémie, dites-moi : est-ce que tout à l'heure, un homme d'équipe n'a pas apporté une valise chez M. Javelin ?

— Ma foi, je ne saurais vous dire, répliqua la bonne ; il y a bien une petite heure que j'ai quitté la villa pour m'en venir aux provisions et je n'ai pas vu d'homme d'équipe. Mais il se pourrait fort bien qu'il en soit venu après mon départ. Dans tous les cas, soyez sans crainte : si on a apporté une valise, vous la trouverez à la maison.

— C'est que, fit le jeune homme, ce n'est pas une valise que j'avais chargé de porter...

— Quoi donc ?

— Ma foi, autant que je vous dise tout : quand je suis arrivé, tout à l'heure, à la gare, je suis entré dans ce petit café qui est devant la station, afin de prendre quelque chose, car ce matin je n'avais pas eu le temps de déjeuner. C'est alors que j'ai prié un homme d'équipe de porter ce bouquet à la villa Javelin, avec ma carte, et ma valise à l'hôtel du Cheval Blanc. Or, comme je suis un peu distrait...

— Ah ! vous êtes distrait ? demanda Phémie avec intérêt.

— C'est à cause de ma myopie... mais il ne faut pas le dire... je suis myope, distrait et... un peu timide aussi. Afin qu'on ne s'en aperçoive pas, je me fais passer pour un original, un excentrique... mais ça ne prend pas toujours... Donc, dans ma distraction et dans mon trouble, je me suis trompé et j'ai fait porter ce bouquet à l'hôtel et ma valise chez M. Javelin !

Fort irrespectueusement, Phémie éclata de rire :

— Elle est drôle !

— Non, soupira le jeune homme, elle n'est pas drôle du tout. Car dans ma valise il y avait mon complet redingote. Je ne m'en suis aperçu qu'à l'hôtel où, quand j'ai demandé ce que l'homme d'équipe avait déposé à mon nom, on m'a remis ce bouquet, avec ma carte.

— Bah ! consola Phémie, il n'y a pas de mal, en somme.

— Si ! Car, décemment, je ne puis me présenter chez M. Javelin en veston beige.

— Il vous va très bien.

— C'est possible, mais pour une première visite, c'est un peu trop négligé, sans compter que dans ma valise il y avait encore tous mes accessoires de toilette, et j'aurais réellement besoin d'un coup de peigne et d'un coup de brosse après le voyage que je viens de faire.

— Allez, fit Phémie conciliante, M. Javelin est un brave homme et il n'y regardera pas de si près.

— D'ailleurs, j'avais une idée...

— Alors...

— Je m'étais dit qu'à mon arrivée chez M. Javelin, je mettais la domestique qui m'ouvrirait au courant de la situation et qu'avant de paraître devant ce monsieur et... devant sa fille, peut-être aurais-je le temps, dans quelque coin, d'ouvrir ma valise puisqu'elle se trouve chez lui, et de me mettre en tenue.

— C'est une bonne idée ! approuva Phémie. D'ailleurs, nous voici arrivés. Je vais vous faire entrer en catimini, vous donner votre valise, et, dans la chambre jaune, qui est la chambre d'ami, vous pourrez à votre gré changer de toilette et vous mettre en redingote, puisque vous y tenez tant.

Et, ce disant, comme on était arrivé devant la porte de la ville, elle poussa la grille et fit pénétrer le jeune homme dans le jardin.

— C'est donc ici ?

— Oui.

— C'est très bien.

— Je vous crois ! C'est la plus belle maison du pays.

— Et M. Javelin est chez lui, ainsi que... sa demoiselle ?

— Sans doute.

Le jeune homme pâlit, puis une rougeur envahit ses traits si fins et si jolis.

Et Phémie pensa :

— Sûrement que c'est un fiancé !

Ils pénétrèrent dans le jardin.

— Écoutez, fit Phémie, pour que l'on ne vous

voie pas, je vais vous faire passer par la cuisine. Cela ne vous fait rien ?

— Mon Dieu non.

— Alors, au lieu de monter par ce perron, là, nous allons passer par le bûcher et la buanderie, qui se trouvent au-dessous et où un escalier donne directement dans ma cuisine. De là, je vous conduirai à la chambre jaune.

— Je me fie entièrement à vous, dit le jeune homme.

Au lieu de prendre par la grande allée, ils suivirent le mur du jardin tout garni d'espaliers, puis, quand ils furent devant la maison, rasant les murailles, ils allaient pénétrer par la petite porte basse qui s'ouvrait sous le perron, quand, tout à coup il y eut un bruit de chute, et, sans doute poussé par le vent, le pot de couleur verte que M. Javelin avait exposé au soleil, tout à l'heure, pour en appuyer les tons, dégringola et vint coiffer l'infortuné jeune homme, le teignant de vert de la tête aux pieds.

Il n'eut même pas le temps de s'apercevoir de ce qui lui advenait : soudainement lui et son complet beige venaient de passer au vert le plus criard.

A la vue de ce pauvre garçon soudainement transformé en perroquet, le premier mouvement de Phémie fut d'éclater de rire.

Ah ! il était dans un joli état ! Heureusement que sa valise l'avait précédé dans la maison, car s'il avait dû se présenter dans cette tenue à mamzelle Noémie, sûrement elle n'aurait jamais voulu d'un fiancé aussi verdoyant.

Cependant, le jeune homme s'était débarrassé du pot de couleur dont il avait été inopinément casqué, et se voyant métamorphosé en poireau :

— Qu'est-ce que c'est que ça ? s'écria-t-il douloureusement.

— J'avais oublié de dire à monsieur, répliqua Phémie, qui avait grand'peine à contenir son hilarité, que dans cette maison, il faut se méfier de la peinture.

— Sapristoche ! On n'a pas idée de déverser ainsi un pot de couleur sur la tête des gens qui viennent vous rendre visite !

— Ce ne peut être qu'un accident. M. Javelin a la manie des couleurs ; il peinturlure tout ce qui lui tombe sous la main.

— Je vois... même les gens qui viennent le voir !

— Il a dû poser un pot de ripolin sur le rebord d'une fenêtre, et un coup de mistral... Croyez qu'il n'y a pas de mauvaise intention...

— En tout cas, me voilà propre pour une première visite !

— Bah ! Heureusement que vous avez votre valise. Venez vite, je vais vous conduire dans ma chambre, cela vaudra mieux, car vous trouverez tout ce qu'il vous faudra, et avec de l'eau chaude, du savon et une vigoureuse brosse...

— Je crois que j'aurais plutôt besoin d'une étrille.

Fort heureusement, le bouquet que le jeune homme tenait à bout de bras n'avait reçu que quelques éclaboussures et encore dans ses feuilles, ce qui fait que la couleur verte n'y paraissait point.

Phémie en débarrassa l'infortuné et le guida à travers le dédale de la buanderie et du bûcher, puis elle lui fit monter un petit escalier et ils se trouvèrent dans la cuisine.

— Maintenant, fit Phémie, je vais vous mener dans ma chambre. Cela vaut mieux à tous les points de vue, car pour y parvenir, on n'a pas besoin de passer par le grand escalier, où vous risqueriez de vous rencontrer avec M. Javelin ou sa demoiselle.

— Tout plutôt que cela ! s'exclama le malheureux jeune homme. Ah ! bien oui, si elle me voyait dans cet état !

Et il frémit à cette seule pensée.

— Et ma valise ? demanda-t-il enfin.

— Tenez, fit la camériste, montez toujours chez moi ; pendant ce temps, je vais vous chercher votre valise.

— Mais où est-ce, chez vous ?

— Dans la petite courette, l'escalier à droite. Il y a là-haut robinets d'eau chaude et d'eau froide... D'ailleurs, je vous montrerai.

Le jeune homme sortit, ouatant ses pas pour n'être pas surpris ; pendant ce temps, Phémie se mettait en quête de la valise et la trouvait bien en évidence sur une chaise de l'antichambre.

— Voilà l'objet, se dit-elle.

Et elle le monta au jeune homme.

— Quand vous serez nettoyé et habillé, vous n'avez qu'à descendre, repasser par le chemin que vous avez suivi, à travers la buanderie et le bûcher, et, ma foi, vous aurez tout à fait l'air d'arriver du dehors.

— Voilà qui est pour le mieux, approuva le jeune homme.

Et Phémie ayant fermé la porte derrière elle, il se mit en devoir de se déverdir, ce qui n'était pas une mince opération, les couleurs dont se servait M. Javelin étant de qualité supérieure.

Et comme Phémie redescendait vers sa cuisine en songeant :

— Non ! Mais n'en v'là une aventure ! Jamais Mme Cougourdan voudra croire que c'est arrivé. Je voudrais être déjà à demain pour le lui raconter.

Elle se trouva nez à nez avec Mlle Noémie qui entrait furieuse dans la cuisine, ayant fini de s'habiller.

— Ah ! Enfin, c'est vous, Phémie. Ah ça ! où étiez-vous passée depuis ce matin ?

Phémie se sentait dans son tort ; aussi, voulant esquiver la juste réprimande suspendue sur sa tête, elle rompit les chiens, bien qu'elle eût juré presque de ne rien dire.

Et, joignant les mains :

— Ah ! mademoiselle, si vous saviez...

Mais Noémie haussa les épaules :

— Si je savais... si je savais... je sais que je suis très mécontente de votre service, et si vous n'étiez pas la nièce de la sœur de lait de papa, il y a longtemps que vous pourriez chercher une autre place !

— Mais, mademoiselle... hasarda encore Phémie.

— Il n'y a pas de « Mais, mademoiselle... » Je vous ai cherchée partout afin de vous donner les ordres pour le déjeuner et ensuite pour m'aider à m'habiller. Où étiez-vous ?

— Tout ça, voyez-vous, c'est la faute du cambrioleur. Ce matin...

— Est-ce que vous allez recommencer vos contes à dormir debout ? Et puis, quel est ce bruit que j'ai entendu tout à l'heure ? Vous avez encore cassé quelque chose ?

— Non, mademoiselle. C'est le fiancé de mademoiselle...

Elle pinça les lèvres ; mais il était trop tard ; le mot était parti et elle en attendit l'effet.

Il ne se fit pas attendre ; rouge de colère, frémissante d'indignation, furieuse de voir cette fille au courant de ce qui la préoccupait tant depuis ce matin :

— Quoi, mon fiancé ?... Qui vous parle de mon fiancé ? Où avez-vous pris que j'avais un fiancé ? Mêlez-vous de ce qui vous regarde, ma fille. Ma parole, vos histoires de cambrioleurs vous ont complètement détraqué la cervelle !

Phémie en avait trop dit ; il lui fallait compléter ses confidences ; et, mettant un doigt sur sa bouche d'un air fort mystérieux :

— Chut !... Pas si fort... Il est ici.

— Qui ça ?... Le cambroleur ?...

— Mais non, le fiancé de mademoiselle !

— Mon fiancé est ici ?

Noémie oublia de feindre ; d'ailleurs, la chose valait la peine d'être éclaircie :

— Et vous ne nous avez pas prévenus ?... Où est-il ?

— Dans ma chambre, mademoiselle.

— Dans votre chambre !

— Oui, mademoiselle... Il se déteint !

— Mon fiancé déteint ?...

— Pardine... puisqu'il était tout vert !

Du coup, Noémie regarda sa camériste et pensa qu'elle était soudainement devenu folle.

— Ah ça Vous êtes toquée, je pense ! Vous figurez-vous que je suis d'humeur d'écouter vos sornettes ?

— Mes sornettes ! s'indigna Phémie.

— Tenez, allez préparer votre repas, vous m'exaspérez ! J'entends papa qui revient.

Phémie s'en alla en grommelant :

— Est-ce ma faute, à moi, s'il a reçu un pot de peinture sur le crâne ! Après tout, je suis bonne de me tournebouler les sangs pour son fiancé ! Est-ce que ça me regarde !

Et elle fit claquer la porte de la cuisine sur elle pour bien montrer qu'elle n'était pas contente.

V

QUI TRAITE DE L'AIMABLE RÉCEPTION QUE FIT M. JAVELIN AU JEUNE HOMME BRUN

Elle Noémie ne s'était pas trompée : c'était bien le pas majestueux et pesant de M. Javelin qui faisait craquer le sable des allées ; il revenait de la gare, et, sans doute ramenait-il le fiancé envoyé par tante Coralie.

Noémie se sentit toute émue ; elle mit la main sur son cœur pour en contenir les battements ; la minute était grave, où elle allait se trouver, pour la première fois, en présence de celui qui allait être bientôt, du moins elle l'espérait, son mari.

Etait-elle bien à son avantage, au moins ?

Elle avait mis tout le temps nécessaire à s'habiller, et à édifier l'édifice compliqué de sa coiffure ; pourtant, elle voulut vérifier encore si rien ne clochait, et courut jeter un coup d'œil au petit miroir que Phémie accrochait dans sa cuisine, malgré toutes les observations que lui faisait sa jeune maîtresse.

Elle se trouva bien et fut contente d'elle-même.

Alors seulement, elle quitta la cuisine et se dirigea vers l'antichambre, un sourire sur les lèvres, comptant se trouver en présence du protégé de tante Coralie.

Mais elle n'aperçut que son père, qui, grommelant, accrochait son chapeau au meuble qui se trouvait dans l'antichambre :

— Eh bien ? fit-elle, désappointée.

— Eh bien, quoi ?

— Et... ce jeune homme ?

— Je n'ai rien vu.

— Comment !... tu n'as rien vu ?

— Personne.

— Tu n'es pas allé jusqu'à la gare ?

— Si fait ! Mais le train venait de partir.

— Dame... dans ces conditions.

— Oui... Mais, s'il était venu, je l'aurais rencontré, sur le chemin, se dirigeant par ici. D'ailleurs j'ai demandé au chef de gare, et il m'a assuré qu'il n'avait vu descendre du train aucun jeune homme brun.

— Voilà qui est étrange, fit Noémie ; pourtant la lettre, tante Coralie...

— Ecoute, il a très bien pu manquer le train, ce jeune homme !

Mais Noémie hocha la tête :

— Un jeune homme qui manque le train... le jour où il doit aller voir sa fiancée... ce n'est pas naturel cela.

— Que veux-tu que je te dise, moi, repartit M. Javelin. Dans tous les cas, je vais aller enlever ma redingote, car tu ne supposes pas que je vais rester comme cela tout le jour !

— Attends un peu, papa. Après tout, le chef de gare peut très bien ne pas l'avoir remarqué, et, sans doute, ne connaissant pas la maison, au lieu de passer par le chemin de la chocolaterie, a-t-il pris par le plus long, c'est-à-dire par la grand'route.

Mais M. Javelin secoua la tête :

— Il se serait informé à la gare.

— Qui sait ! D'ailleurs tante Coralie ne nous a-t-elle pas avertis que ce jeune homme était un original, un peu excentrique même.

Mais, à ce moment, M. Javelin baissa les yeux vers le sol, et, tout à coup :

— Qu'est-ce que c'est que ça ?

— Quoi donc ?

— Ce bouquet... là... sur cette chaise ?

En effet, il y avait un bouquet sur une chaise ?

— Tiens ! fit Noémie, stupéfaite.

— Ce n'est pas toi qui l'as mis là ?

— Cette idée ! Est-ce que j'ai l'habitude de mettre des bouquets sur des chaises...

Mais soudain, un pensée lui vint et se frappant le front :

— Ah ça ! est-ce que, par hasard, cette grosse bête de Phémie aurait dit la vérité ?

— Quoi ? Qu'est-ce que tu dis de Phémie ? demanda M. Javelin.

— Rien... ou plutôt si... Tout à l'heure, cette niaise de Phémie m'a dit que mon fiancé était arrivé, et elle a ajouté... mais là, sûrement...

M. Javelin interrompit sa fille, et, avec une évidente mauvaise foi :

— Parbleu ! il a pris par la grand'route. Je te le disais tout à l'heure. Et cet imbécile de chef de gare, à qui j'ai demandé s'il n'a pas vu de jeune homme brun... Je suis sûr qu'il est blond... peut-être même roux, le fiancé que tante Coralie t'envoie.

— Quelle horreur ! s'indigna Noémie ! Je n'en voudrais pour rien au monde.

— Mais alors, s'il est ici, où se cache-t-il ?

— Est-ce que je sais, moi.

Cependant elle avait ramassé le bouquet, en avait admiré l'éclat et l'arrangement, en même temps que respiré le suave arome, puis :

— Je vais le mettre dans une potiche du salon, en attendant...

— C'est ça, fit M. Javelin.

Et comme il se trouvait le plus près, il ouvrit la porte du salon, et pénétra le premier.

Mais, tout de suite, il recula, effaré, puis souriant :

— Ah ! elle est bonne, elle est excellente ! Comment allez-vous, cher monsieur ? Soyez le bienvenu dans cette maison.

Et Noémie qui, son bouquet à la main, suivait son père, le trouva en train de serrer éperdûment les mains à un gentleman très comme il faut, qui se trouvait dans le salon.

O bonheur !

C'était un beau brun.

Certes, le beau brun était loin de s'attendre à une pareille réception.

Il songeait.

Après s'être introduit par escalade dans la villa de M. Javelin, avoir reçu une valise des mains d'un homme d'équipe fraîchement débarqué de Jonquières, à qui il avait offert un verre de vin, avoir remplacé ses habits vraiment usagés contre le complet redingote qui se trouvait dans la valise, le jeune homme brun, on se le rappelle, s'était trouvé sur le point de sortir et de quitter cette maison, somme toute hospitalière, quand il avait entendu du bruit dans le jardin.

Alors, au petit bonheur, il avait ouvert une porte, et s'était trouvé dans le salon, pensant pouvoir en sortir facilement par la fenêtre, car le jeune homme brun était un habile gymnasiarque.

Hélas !

Il s'était vite convaincu de la vanité de ces projets d'évasion.

Il n'avait point songé que à Donzère, comme dans toute la vallée du Rhône, les habitants sont les victimes de deux affreux fléaux : le mistral et les moustiques.

Contre le mistral, rien à faire, qu'à demeurer chez soi, car, fort heureusement, il ne pénètre point dans les maisons. Mais le moustique n'observe point cette réserve, et le plus petit interstice lui suffit pour s'introduire dans le logis, où il ne tarde pas à régner en maître et en bourreau.

Pour se défendre, les malheureux habitants de la vallée du Rhône n'ont trouvé que ce seul moyen, encore bien peu efficace : poser devant leurs croisées des châssis recouverts de fine toile métallique.

Les fenêtres du salon de M. Javelin étaient obstruées par ces façons de moustiquaires, en sort que lorsque le jeune homme brun eut doucement, et avec des précautions inouïes, ouvert une croisée pour s'évader en douceur, il se cassa le nez contre les toiles métalliques en question.

Certes, le réseau de fil de fer en était ténu mais solide; s'il avait eu quelque couteau, quelque instrument tranchant sur lui, sans doute en eût-il eu raison : mais en vain fouilla-t-il les poches du complet redingote emprunté à la valise, tout à l'heure, il n'y découvrit aucun instrument coupant, ou même simplemen contondant.

Le jeune homme brun était prisonnier dans le salon de M. Javelin, pris comme une souris en la souricière.

— Eh bien, me voilà joli garçon, pensa-t-il.

Il réfléchit une seconde, se gratta le front, afin peut-être d'en faire surgir une idée ingénieuse, mais rien, rien que le danger d'une situation fort critique, et, désespérément inextricable.

— Il me reste bien la porte, se dit-il.

Et il prêta l'oreille, afin de saisir le moment précis où le corridor se trouverait libre.

Mais c'était un fait exprès : des voix jasaient là, tout près et, décemment, il ne pouvait sortir pour se trouver nez à nez avec les propriétaires de cette villa, à qui il serait bien empêché d'expliquer comment il se trouvait en leur salon.

— C'est que, pensait-il, le truc de la valise ne peut plus servir à cette heure : les gens qui apportent des valises n'ont point l'habitude d'attendre au salon qu'on vienne leur offrir un pourboire.

Alors quoi ?

Ma foi il eu un geste de parfaite insouciance :

— Après tout, à la grâce de Dieu ! On ne me coupera peut-être pas le cou pour cette fois. Le plus que je risque...

Et ce fut à ce moment précis qu'il entendit s'ouvrir la porte.

— C'est l'instant... c'est le moment... se dit-il en gouaillant.

Et il s'apprêta, impassible, à recevoir l'inévitable choc.

Aussi, l'on comprendra quelle fut sa stupéfaction quand, au lieu d'une voix sévère, stigmatisant sa conduite, au lieu, peut-être, qui sait, du revolver braqué, il vit tout à coup un homme souriant, la main tendue et le ton amène, lui dire :

— Comment allez-vous, cher monsieur ? Soyez le bienvenu en ce logis.

Une seconde, il en demeura éberlué.

Mais il se reprit vite, car c'était un garçon d'esprit et de ressources et qui n'avait pas besoin de réfléchir pour se mettre immédiatement au courant de la conversation.

— Voilà qui va bien, fit-il, il me prend pour un autre. Tâchons de ne pas nous couper.

Et souriant à son tour, et serrant la main que le bonhomme lui tendait :

— Je vais très bien, cher monsieur, je vais très bien, merci. Et je vois avec plaisir que vous-même...

Il s'arrêta pour saluer une jeune fille qui venait d'entrer, rougissante, un bouquet à la main :

— C'est ma fille... c'est Noémie... fit le monsieur d'un air entendu, et avec un clignement d'œil qui voulait en dire long.

— Ah ! c'est mademoiselle Noémie ! Enchanté, vraiment, enchanté ! Mademoiselle, je dépose à vos pieds mes hommages les plus respectueux.

Et en lui-même, il ajouta :

— Mais ça marche très bien ! Ils prennent très bien l'affaire. Tout de même, je ne serais pas fâché de savoir avec qui ils me confondent. Pourvu que ça dure, mon Dieu, pourvu que pa dure !

Cependant M. Javelin disait :

— Mais donnez-vous la peine de vous asseoir, cher monsieur. Et ensuite, permettez-moi de vous remercier du joli bouquet que vous avez envoyé à ma fille.

— Mon Dieu, c'est la moindre des choses, en vérité, la moindre des choses !

— Mais pas du tout ! On n'est pas plus galant !

Il s'était assis dans un fauteuil, et Mlle Noémie, tout en baissant les yeux, comme il convient à une jeune fille bien élevée, l'inspectait curieusement à travers ses longs cils, et elle songeait :

— Il est très bien, ce jeune homme ! Je savais bien, moi, qu'il serait brun. Seulement, je ne sais pas, mais il ne m'a pas l'air très empressé.

M. Javelin debout, offrait au foyer éteint, et par une vieille habitude, les basques relevés de sa redingote.

— Figurez-vous, fit-il, que je suis allé vous attendre à la gare ! Seulement, vous avez pris par la grand'route.

— Ma foi, oui, fit le jeune homme brun, désinvolte, j'ai pris par la grand'route : c'est plus ombragé...

— Mais c'est plus long !

— Oh ! je n'étais pas pressé !

Mlle Noémie, à ce mot, eut un mouvement de dépit. Le jeune homme le remarqua et eut le pressentiment qu'il avait commis une gaffe; c'est

Le pot de couleur dégringola et vint coiffer l'infortuné jeune homme (p. 14.)

que la situation était des plus épineuses.

— Coralie, continua M. Javelin, nous avait prévenu, fort heureusement... Au fait, vous l'avez vue récemment! Comment va-t-elle, cette bonne Coralie ?

— Mais, très bien, répliqua le jeune homme, qui, pour la première fois de sa vie, entendait parler de cette Coralie.

— Ses rhumatismes ?

— Heu! Heu! Ils la font toujours un peu souffrir.

— A propos, savez-vous si elle a gardé la vieille Sophronie ? Dans une de ses lettres, elle me disait qu'elle voulait se séparer d'elle!

— Mais, je crois...

— Elle était bien fatiguée.

— Dame, approuva le jeune homme.

Quelle pouvait bien être cette Sophronie ? Une vieille servante, sans doute; il seyait de se montrer avare de détails.

Heureusement, M. Javelin poursuivit :

— Il paraît qu'elle ne pouvait plus aller au marché; ses vieilles jambes refusaient tout service ?

— C'est bien d'une bonne qu'il s'agit, pensa le jeune homme.

Et il allait, de chic, se lancer dans toutes sortes de considérations sur la vieille Sophronie, quand sa fille l'interrompit :

— Mais, papa, laisse donc Monsieur tranquille, avec ta Sophronie! Crois-tu qu'il s'intéresse à cette bourrique ?

— Ma foi, pensa le jeune homme brun, voilà une jeune fille peu respectueuse pour les vieux serviteurs de ladite Coralie.

— Que veux-tu, répondit M. Javelin. Cette vieille Sophronie, je l'ai vue naître.

— Vous!

— Oui.

— Mais elle doit être plus vieille que vous!

— Elle a bien ses vingt-cinq ans, cher monsieur, et, pour une mule, c'est un bel âge!

Le jeune homme se mordit les lèvres : il allait encore gaffer, pour sûr, prenant une mule pour une vieille servante dévouée, et il se promit d'être plus circonspect.

D'ailleurs, M. Javelin parut ne plus s'intéresser au sort de Sophronie, et il demanda :

— Ainsi donc, nous allons être voisins ?

— Il en est question, répliqua le jeune homme.

— Coralie avait l'air de me dire que l'affaire était tout à fait décidée.

— Certes! Mais, vous savez, au dernier moment, il peut surgir telle ou telle aventure...

M. Javelin cligna de l'œil, pour montrer qu'il comprenait toutes les finesses du langage du jeune homme, et il poursuivit :

— Allons, espérons que tout marchera suivant vos désirs, et que nous vous verrons installé définitivement à Montélimar.

— Croyez que nul ne le désire plus que moi!

— A propos, vous allez déjeuner avec nous, n'est-ce pas ?

— Mais, je ne sais...

— Si... si... si... vous me feriez affront!

Et se tournant vers sa fille :

— Noémie, mon enfant, occupe-toi un peu de cela, je te prie, et veille à ce que Phénie mette les petits plats dans les grands.

— Allons, pensa le jeune homme, il paraît que l'on est nourri. Franchement, j'étais loin de m'attendre à un tel accueil. Je parie dix louis, que je n'ai pas, que ce bonhomme va m'offrir la main de sa fille.

Noémie avait quitté le salon pour s'en aller donner des ordres à la bonne.

Alors M. Javelin s'approcha du jeune homme, et lui tapant familièrement sur l'épaule :

— Mon cher monsieur, nous voici seuls; je n'irai pas par quatre chemins, car étant un homme tout rond, je suis par conséquent carré dans toutes les affaires. Coralie m'a écrit; votre situation me plaît; votre personne aussi; de votre côté, soyez franc : comment trouvez-vous Noémie ?

— Ça y est! pensa le jeune homme. J'ai gagné dix louis... sans en être plus riche pour cela.

Et, tout haut, il dit, s'inclinant devant M. Javelin :

— Monsieur, votre franchise m'honore. A mon tour, je ne vous cèlerai pas la vérité; Mlle Noémie me paraît fort bien.

— N'est-ce pas ?

— Tout ce qui se fait de mieux dans cet article.

M. Javelin exulta :

— A vrai dire, fit-il, je craignais que vous ne la trouviez un peu grande.

— Monsieur, permettez-moi de vous dire : je ne suis pas de l'avis du poète qui assure que : *Ni l'or, ni la grandeur ne nous rendent heureux!*

M. Javelin éclata d'un gros rire.

— Très fin, très délicat. Je le redirai à Noémie. Et puis, vous savez, je ferai bien les choses : deux cent mille! Pas un sou de plus, pas un sou de moins!

— C'est un beau denier, assura le jeune homme.

Et il songea en lui-même :

— Quel dommage que tout cela, d'un instant à l'autre, doive finir par un coup de balai! Deux cent mille et l'enfant, qui n'est pas mal! Ah! je pourrais dire plus tard que j'ai passé près du bonheur, moi!

A ce moment, Noémie revint dans le salon :

— Le déjeuner est servi, papa, fit-elle.

— Alors, à table! nous causerons mieux devant les hors-d'œuvre. Jeune homme, votre bras à ma fille.

Le jeune homme arrondit son bras et Noémie, toute rougissante, y appuya le sien.

Et, suivis de M. Javelin, ils passèrent dans la salle à manger.

— C'est égal, se dit le jeune homme, j'ai rudement faim, moi, et pourvu que l'on ne me chasse pas avant la fin du repas, il n'y aura encore pas trop à dire!

VI

QUI DONNE TORT AU PROVERBE ASSURANT QUE L'HABIT NE FAIT PAS LE MOINE

CEPENDANT, tandis que ces événements se passaient au rez-de-chaussée de la villa de M. Javelin, là-haut sous les combles, dans la chambre de Phémie, un jeune homme blond était en proie au plus profond désespoir.

C'était le fiancé envoyé par tante Coralie sur le chef duquel, on s'en souvient, un pot de couleur verte était chu, au moment où il franchissait le seuil de son futur beau-père.

Bénissant sa distraction qui lui avait fait envoyer son bouquet à l'hôtel, et sa valise chez M. Javelin, le jeune homme blond, dont le costume beige était tout souillé de couleur verte, avait accepté l'offre que lui avait faite Phémie d'aller « se changer » dans sa propre chambre, où il trouverait tout ce qu'il fallait pour se déverdir, et, sa valise à la main, comptant y trouver normalement le splendide et tout neuf complet redingote qu'il y avait placé, il était monté dans le réduit de la bonne, pensant, tout à l'heure, pouvoir se présenter congrûment au frère de l'excellente Mme Coralie Lambrusque.

En effet, dans la chambre de Phémie, il avait trouvé un lavabo fort confortable, avec eau froide et eau chaude, car la villa de M. Javelin était des mieux installées et avec tout le confort moderne.

Après avoir dévêtu son complet beige, tout poisseux, tout souillé de couleur, à grande eau, il avait tenté de se débarrasser de la couche de peinture qui recouvrait son visage, sa barbe et ses cheveux, opération laborieuse et dont il se tira difficilement; sans doute, parvint-il à se dépoisser le visage de toute couleur verte qui le souillait, mais pour ce qui était de sa barbe et de ses cheveux, sous l'effet des lavages, ils devinrent d'une couleur indéfinissable, qui n'était plus le blond, sans être encore le brun et qui n'avait point de nom dans la gamme infinie, cependant, des couleurs.

— Allons, se dit le malheureux jeune homme, je vais donner de ma personne une fâcheuse opinion à la demoiselle. Bah! j'en serai quitte pour lui expliquer l'accident dont j'ai été victime et elle sera la première à en rire.

Cependant qu'il monologuait ainsi, il avait ouvert sa valise, et, tout à coup, reculant, effaré :

— Qu'est ceci?

Sur le premier moment, il ne comprit point; à la place du beau complet redingote que lui-même, avec des précautions maternelles et des soins infinis avait serré dans sa valise, voici qu'il trouvait des loques innombrables, un veston misérable, un pantalon effiloché, un lambeau de soie qui avait sans doute la prétention d'être une cravate, une chemise de flanelle rouge, et pas le moindre faux-col, pas la plus petite paire de manchettes, mais une façon de cache-nez incolore et troué, comme seul un apache, un rôdeur de barrière, un cambrioleur enfin, eût osé en envelopper son col.

— Mais ce n'est pas ma valise... L'on s'est trompé à la gare!

Pourtant, l'erreur n'était pas possible; c'était bien sa somptueuse valise en peau de truie; il en reconnaissait la couleur et la forme, et d'ailleurs, sur une plaque de cuivre, son nom était gravé en creux :

ADRIEN CRIKELIMK

Employé à la Banque des Comptes Courants

Celle-là dépassait tout ce que l'on pouvait imaginer, et le pauvre Adrien Crikelimk — puisque tel était le nom du jeune homme blond — en demeura un long moment plongé dans une profonde hébétude.

Comment cela avait-il bien pu advenir?

Comment en un complet haillonneux son beau complet redingote avait-il pu être changé?

Evidemment, cette métamorphose n'était, ne pouvait être le fait de quelqu'un de la maison Javelin; seul, l'homme d'équipe de la gare devait en être l'auteur!

Dans quel but?

Avait-il été stipendié par des ennemis inconnus, par des jaloux intéressés à faire rater son mariage avec Mlle Javelin?

Mais outre qu'il ne se connaissait point d'ennemis, M. Crikelimk se rappela fort heureusement que cette idée de mariage était encore un secret entre Mme Coralie Lambrusque et lui, et que, par conséquent, nul ne pouvait venir mettre des bâtons dans les roues d'une hyménée si mystérieuse et encore à l'état de pâle projet.

Alors il fallait croire que l'homme d'équipe était un homme malhonnête, un bandit, un pilleur de valises, un brigand de grand chemin de fer!

Oui, ce ne pouvait être que cela.

— Ah! mais... jura M. Adrien, cela ne se passera pas ainsi! Je porterai plainte! Je le ferai révoquer ce malhonnête homme d'équipe! Je révèlerai, je dévoilerai sa turpitude à ses chefs hiérarchiques. Allez donc vous fier à un homme portant sur sa casquette, brodée en lettres de laine rouge, un honnête et inoffesif P.-L.-M. Et qui sait, seulement, s'il fait partie de la Compagnie? Qui sait si cete casquette fallacieuse n'était point un déguisement destiné à tromper les paisibles et confiants voyageurs. Ah! Il me la paiera... mais en attendant, que vais-je faire, moi?

En effet, la situation était des plus ambiguës.

Remettre son complet beige, il n'y fallait point songer, dans l'état où il se trouvait; alors, il lui fallait endosser cette défroque de rôdeur de barrière et, dans cette tenue, se présenter à M. Javelin et à sa charmante fille!

Joli costume pour une première entrevue, et il était bien certain d'être reconduit jusqu'à la gare avec tous les honneurs dus au mauvais plaisant qui pratiquait de pareilles facéties.

Et l'infortuné Adrien Crikelimk se laissa tomber sur une chaise pour réfléchir à cette situation qui lui semblait bien inextricable et songer aux moyens de s'en tirer à son honneur.

Il n'y en avait qu'un, de moyen, et, après dix longues minutes de réflexion, c'est à celui-là qu'il s'arrêta.

Faute de mieux, il allait revêtir les loques qu'il venait de trouver dans sa valise, puis, doucement rasant les murs pour ne point se laisser surprendre, il allait revenir dans la cuisine où il révélerait à la bonne, son alliée, son amie. La bonne trouverait le moyen de distraire ses maîtres, tandis qu'il se défilerait de cette maison, regagnerait la gare, quitterait Donzère, retournerait à Montélimar en toute hâte, d'où il télégraphierait à M. Javelin que des circonstances imprévues autant qu'indépendantes de sa volonté l'avaient empêché au dernier moment de se rendre auprès de lui, comme Mme Coralie Lambrusque l'en avait informé, et que sa visite était retardée jusqu'au lendemain, sans faute.

A Montélimar, il se procurerait un autre costume complet, et quant à l'homme d'équipe cause de toute cette effroyable aventure, il apprendrait le nom de M. Adrien Crikelimk, celui-là!

Un peu calmé par la décision qu'il venait de prendre, M. Adrien pénétra, non sans quelques répulsion, dans les loques laissées dans sa valise, puis la barbe et le cheveu mal teints, revêtu de cette étrange tenue, tête nue, mais en souliers jaunes, en un mot méconnaissable, il abandonna la chambre de Phémie et se glissa, telle une ombre, vers la cuisine du rez-de-chaussée.

Quand il y parvint, retenant son souffle et tremblant à l'idée de se trouver nez à nez avec Mlle ou M. Javelin, il la trouva vide.

Mais, dans un plat d'argent, un gigot fumait, encerclé de pommes pailles et M. Adrien pensa que la bonne devait servir à table.

Tant mieux!

Les Javelin père et fille déjeunaient; ce lui serait plus facile de se défiler sans être vu.

Il entendit fermer une porte.

C'était Phémie qui revenait.

Elle pénétra dans la cuisine souriante, gaie, portant un ravier dans chaque main. Et M. Adrien se précipita vers elle :

— Mademoiselle...

Mais tout à coup, en voyant un homme si mal vêtu dans sa cuisine, ne reconnaissant plus dans cet affreux voyou l'élégant et suave gentleman qu'elle-même avait introduit, elle fut saisie d'une frayeur intense, et, lâchant ses deux raviers à la fois qui se brisèrent sur le sol en mille morceaux, elle s'élança vers la porte en criant :

— Au secours!... Au secours!... Le cambrioleur est dans ma cuisine!

Et comme une folle, elle se précipita au dehors pour se mettre sous la protection du garde-champêtre.

Elle n'eut pas loin à aller, d'ailleurs.

Le garde champêtre, cet excellent père Baguette, ainsi que Mme Cougourdan, la fruitière, l'avait dit tout à l'heure à Phémie, avait suivi la trace d'un homme qu'il n'avait pas hésité à prendre pour le cambrioleur tant recherché.

Or, ce malfaiteur était entré, à ce que l'on disait, dans le jardin de M. Touffe.

Alors, habile stratège, le père Baguette avait placé à chaque coin l'appariteur, le tambour de la commune, le cordonnier Pelouille et deux ou trois autres citoyens dévoués, et lui-même, courant au bureau de poste avait téléphoné à Pierrelatte pour appeler les gendarmes à son secours et qu'ils l'aidassent à s'emparer du farouche cambrioleur qui terrorisait le pays.

Les gendarmes ne s'étaient pas fait tirer l'oreille, et, enfourchant leur bécane, ils avaient fait rapidement les deux petites lieues qui séparent le chef-lieu de canton de Donzère.

Et ils étaient accourus vers le jardin de M. Touffe.

Là, l'appariteur de la commune avait fait cet étrange récit, confirmé, d'ailleurs, par les autres veilleurs apposés là par le garde champêtre.

Il y avait une petite demi-heure tout au plus, ils avaient vu, parfaitement vu, un homme dont le signalement correspondait à celui du farouche dévaliseur de villas, apparaître sur la crête élevée du mur qui sépare la propriété de M. Javelin, du jardin de M. Touffe. Et, de cette crête de mur, le bandit, à l'aide d'une branche s'était laissé glisser dans la propriété de M. Javelin.

— Sabre de bois! hurla le père Baguette. Alors, il est présumable que le misérable a dû s'échapper!

— Que non pas, fit l'appariteur. Je suis malin, moi, et quand j'ai vu ça, j'ai placé deux hommes à la porte de M. Javelin, sans l'avertir, bien entendu, pour ne point l'effrayer, et j'ai attendu votre arrivée, certain qu'il ne s'échapperait pas mais n'ayant point, comme vous, la plaque qui donne l'autorité d'instrumenter et de pénétrer en armes dans la propriété d'autrui et de mettre la main au collet des malfaiteurs.

— Vous avez bien agi, Foutrique, félicita le père Baguette. Soyez persuadé que M. le maire sera averti de votre bonne conduite dans cette périlleuse circonstance. Et maintenant, à l'œuvre!

Et se tournant vers les gendarmes!

— Messieurs de la maréchaussée, si vous voulez me suivre...

Et ayant tiré son sabre, la tête haute, il pénétra dans la villa de M. Javelin.

Les gendarmes lui emboîtèrent le pas, ayant également dégainé leur coupe-chou, puis l'appariteur grossit le cortège, suivi du tambour, qui regretta de ne pas avoir apporté sa peau d'âne, du cordonnier Pelouille et des cinq ou six courageux citoyens qui avaient fait le guet en sa compagnie.

Or, comme il était midi, que c'était l'heure où les ouvriers sortaient de la chocolaterie, une foule stationna devant la villa Javelin, tandis les plus audacieux foulaient les plates-bandes du petit parc.

Et c'est à ce moment précis que Phémie, affolée, parut sur le perron, pâle, défaite et frémissante, en criant :

— Au secours!... Au secours!... Le cambrioleur est dans ma cuisine!

Le père Baguette bondit :

— Où est-il?... Où est-il?...

Et tumultueusement, il envahit le vestibule de M. Javelin.

Cependant M. Javelin était à table et prodiguait ses amabilités à ce beau jeune homme brun qu'il prenait de la meilleure foi du monde pour le fiancé envoyé par tante Coralie.

Mlle Noémie, ainsi qu'il convient à une jeune fille bien élevée, baissait modestement les yeux en décortiquant ses crevettes et prenait garde de bien manger à l'anglaise pour montrer les raffinements de son éducation, ce qui ne l'empêchait point, par ailleurs, de jeter de longs regards sur l'invité qu'en son for intérieur elle trouvait fort bien et parfaitement conforme au modèle séduisant qu'elle avait toujours rêvé.

On avait fini les hors-d'œuvre, et, les fourchettes reposées sur la nappe, les trois convives joignaient les mains devant leur assiette, en attendant l'entrée que Phémie était allée quérir à la cuisine quand, tout soudain, des cris se firent enendre, et, simultanément maison, vestibule et jardin se trouvèrent envahis par une foule altérée de vengeance.

— Qu'est-ce qui se passe? interrogea M. Javelin, soudain devenu tout pâle :

— Le feu serait-il à la maison? soupira Mlle Noémie.

Le jeune homme brun avait piqué le nez dans son assiette vide, en proie à un malaise fort compréhensible.

L'oreille en éveil, il avait fort bien distingué les cris poussés par la bonne :

— Au secours! avait dit cette honnête servante.

Et le mot de cambrioleur avait malencontreusement sonné à ses ouïes attentives.

Un cambrioleur!

De qui pouvait-il s'agir, sinon des jeunes hommes bruns qui s'introduisent dans les propriétés par la crête de murailles inaccessibles et ensuite dans les complets redingotes trouvés dans des valises étrangères.

L'heure était venue où il allait être découvert; le quart d'heure de Rabelais venait de sonner à l'horloge fatidique des justices immanentes pour les imprudents qui se font passer pour un fiancé envoyé par tante Coralie et qui ne sont que des intrus, peut-être même pis encore.

— Allons, se dit mélancoliquement le jeune homme brun. Voici l'instant où les balais de la maison vont être mobilisés pour me reconduire. Heureux encore si je ne tombe point dans les griffes crochues des hommes qui me poursuivent depuis ce matin! J'aurais bien voulu tout de même, puisque nul ne peut échapper à son destin. que cet incident ne se produisît qu'après le gigot, car ces hors-d'œuvre m'ont véritablement creusé!

Et, fataliste, il s'apprêta à subir sa destinée.

Jetant sa serviette sur la table, M. Javelin s'était levé :

— Il faut tout de même voir ce qui se passe!

La voix du garde champêtre disait, dans le vestibule :

— Où est-il donc, ce cambrioleur?

A ces mots, Mlle Noémie poussa un petit cri; elle s'était dressée; le jeune homme brun en avait fait autant, et comme Mlle Javelin se trouvait à portée de celui qu'elle pensait être le fiancé envoyé par tante Coralie, elle profita de l'occasion, véritablement inespérée, pour tomber innocemment dans ses bras en murmurant d'une voix défaite et apeurée :

— Un cambrioleur!... Il y a un cambrioleur dans la maison!... Monsieur, protégez-moi!

Ce à quoi le jeune homme brun, avec plus d'à-propos que de conviction, crut devoir répondre :

— Ne craignez rien des cambrioleurs, mademoiselle, car je suis là.

Mais, pendant ce temps, dans le vestibule, un véritable drame se passait.

M. Adrien avait été fort surpris, à vrai dire, de l'accueil plutôt étrange que lui avait fait celle qu'il croyait devoir être son alliée dans les pénibles circonstances où il se trouvait.

Quoi, elle ne le reconnaissait plus!

Non seulement elle fuyait à son approche, mais encore elle criait comme une possédée, au risque d'ameuter la maison et d'amener M. Javelin.

C'est ce qu'il fallait éviter à tout prix.

Et il avait couru après elle afin de lui imposer silence et de se faire reconnaître.

Mais il s'était trouvé nez à nez avec le père Baguette que suivait la foule hurlante des chocolatiers, des gendarmes et des Donzérois, avides de prêter main-forte à l'autorité dans l'arrestation du farouche dévaliseur de villas qui désolait, depuis trop longtemps, ce paisible pays.

Et tout de suite le père Baguette, l'avait reconnu, lui, l'homme dont il possédait le signalement et qu'il poursuivait depuis le matin :

— Nom d'une brisque! Le voilà!

Et il avait laissé tomber sur l'épaule du pauvre Adrien Crikelimk une main qu'alourdissait le poids de toute son autorité.

— Mais que me voulez-vous? gémissait le protégé de tante Coralie. Lâchez-moi, sapristi!

— Ah! Je vous tiens enfin! Il y a assez longtemps que vous me faites courir!

— Mais je ne suis pas ce que vous croyez...

Et, avisant Phémie qui, derrière les gendarmes, assistait frémissante à cette sensationnelle arrestation :

— Mademoiselle, voulut-il dire en s'approchant d'elle, vous me reconnaissez bien? Je suis...

En voyant cet homme se diriger vers elle, Phémie eut peur, poussa un cri et s'évanouit dans les bras du gendarme :

— Allons... allons... fit Baguette. Au violon! au violon!

— Mais je suis victime d'une effrayante erreur! Je suis...

— Vous êtes le dévaliseur de villas! Vous vous expliquerez avec le juge d'instruction!

D'ailleurs, les gendarmes de Pierrelatte avaient agrippé le malheureux M. Adrien et, au milieu des cris de mort et des vociférations de la foule, ils l'entraînèrent vers le village, devant les yeux ébahis de M. Javelin tourneboulé à l'idée du danger qu'il venait de courir, tandis qu'il déjeunait tranquillement avec ce bon jeune homme brun que tante Coralie avait envoyé pour qu'il épousât sa fille **Noémie**.

VII

LE N° 30, SÉRIE 10

TOUTE cette affaire s'était passée fort rapidement, de telle sorte que le jeune homme brun, dans la salle à manger, tenant toujours contre son cœur Mlle Noémie défaillante, s'attendait à voir l'autorité faire irruption et se saisir de lui, alors que déjà elle se dirigeait vers la mairie et la geôle municipale, entraînant le malheureux Adrien Crikelimk qui ne comprenait rien à ce qui lui advenait.

— Nous l'avons échappé belle! déclara M. Javelin en revenant dans la salle à manger.

— Que s'est-il passé? demanda Noémie, pas encore entièrement rassurée.

— Il s'est passé que nous avions l'honneur d'abriter dans notre maison un farouche cambrioleur, un terrible dévaliseur de villas, qui sait, un assassin peut-être, qui ne s'y était introduit que dans des desseins dont il vaut mieux ne pas envisager les dramatiques conséquences.

— Seigneur! soupira Noémie.

Mais comme le jeune homme brun n'était plus auprès d'elle, elle ne jugea pas nécessaire de se trouver mal.

Le jeune homme brun, sur le coup de sa première surprise, ne trouva pas à articuler un mot.

M. Javelin reprit :

— Heureusement, cet infatigable Baguette, notre vigilant garde-champêtre, veillait, et, avec l'aide des gendarmes de Pierrelatte, il a eu l'habileté de mettre la main sur ce dangereux malfaiteur.

Et comme, à ce moment, Phémie pénétrait dans la salle à manger, portant d'une main encore tremblante un morceau de viande rôtie mollement étendu sur un lit de pommes paille :

— Eh bien, mon enfant, lui demanda M. Javelin, vous allez nous donner quelques détails?

— Ah! monsieur, taisez-vous, murmura la douce Phémie, que j'en ai encore les sangs tournés!... Aussi, quelle journée!... Hein, mademoiselle, vous qui vous moquiez de moi quand je vous disais qu'il y avait des cambrioleurs qui « infectaient » le pays!

— Mais enfin... fit M. Javelin.

— Voilà donc que je revenais du pays, où j'avais rencontré le fiancé de Mademoiselle, que même je lui ai montré le chemin, et qu'alors, quand il a été tout vert, je l'ai fait monter dans ma chambre avec sa valise que l'on avait apportée de la gare, et c'est quand je suis descendue que j'ai vu le cambrioleur, que j'ai immédiatement crié au secours et que le père Baguette est arrivé...

— Quoi!... Quoi!... Quoi!... répéta M. Javelin pour qui ce discours était d'une littérature trop nébuleuse pour qu'il y comprît goutte.

Mais il fut un trait de lumière pour le jeune homme brun, qui soudain vit clair dans tout ce qui lui était advenu, dans cette maison.

Le doute n'était plus possible; grâce à la redingote trouvée dans la valise, on l'avait pris pour le fiancé attendu et le malheureux fiancé n'avait plus trouvé que des loques, et, tandis que le scélérat déjeunait paisiblement, l'autre était entraîné honteusement vers les geôles municipales.

Les deux faits étaient connexes, à ce qu'il apparaissait clairement; le véritable fiancé, dont il avait emprunté la redingote, avait été contraint de s'introduire dans les loques qu'il avait placées dans la valise, et, malgré le proverbe qui assure que l'habit ne fait pas le moine, en l'occurence, la redingote avait fait le fiancé et le veston en loques, le cambrioleur.

L'aventure était drôle, et, volontiers, le jeune homme brun en eût ri jusqu'aux larmes s'il n'eût craint qu'on lui demandât la cause de cette hilarité, ce qui eût pu compromettre une situation qu'il estimait, à cette heure, inexpugnable.

Cependant, point encore revenu de l'incohérence des propos que venait de tenir Phémie, M. Javelin, effrayé pour sa raison, avait demandé:

— Qu'est-ce que tu chantes-là, ma fille?

— Mais monsieur, je ne chante point; je dis ce qui est.

— Quoi! Quelle est cette histoire de pot de couleur, de...

— Mais demandez plutôt à monsieur.

Et elle désigna le jeune homme brun sur qui se posa interrogateur le regard de M. Javelin, et celui, que voilait une tendresse naissante, de Mlle Noémie.

Le jeune homme brun n'hésita pas une seule seconde.

Le rôle était des plus difficiles à tenir, et froidement :

— Je ne sais pas du tout ce que veut dire cette fille!

Phémie en laissa tomber ses bras qui, heureusement, à cet instant précis, ne soutenaient aucune vaisselle.

— Comment, s'indigna-t-elle, vous ne savez pas ce que je veux dire! Ne vous ai-je point rencontré, ce matin, devant la boutique de Mme Cougourdan? N'avez-vous point demandé où se trouvait la villa de M. Javelin? N'obtenant aucune réponse, elle précisa :

— N'avez-vous pas reçu, en pénétrant ici, un pot de peinture? N'avez-vous...

Obstinément, le jeune homme brun secouait la tête, en homme à qui on conte une invraisemblable histoire.

M. Javelin n'eut plus l'ombre d'un doute; la bonne avait été soudain frappée d'aliénation mentale.

Il se pencha vers le jeune homme, et, condescendant :

— Dites comme elle!

Puis à Phémie :

— Mais oui, ma pauvre enfant, parfaitement. Nul ne vous contredit. Mais rentrez dans votre cuisine et faites-vous immédiatement une bonne infusion de tilleul : ce soir il n'y paraîtra plus.

Phémie quitta la salle à manger, et M. Javelin dit :

— Elle n'a pas la tête bien solide. Toutes ces histoires lui ont troublé l'entendement. Espérons qu'il n'en sera pas davantage, et pardonnez ces extravagances.

— Mais, volontiers ! assura le jeune homme brun, qui ne demandait pas mieux et se réjouissait de s'en être, une fois de plus, tiré à son avantage.

Et il se servit une large et saignante tranche de gigot, accompagnée de sept ou huit pommes de terre, car il n'est rien qui creuse comme les émotions, et, à vrai dire, il n'avait rien pris depuis la veille au soir.

Et le déjeuner s'acheva paisiblement, chacun racontant son histoire de brigand ou de folie, le jeune homme brun tenant, principalement, son auditoire sous l'effroi de ses récits, qu'on eût dit vécus.

Il était de toute évidence que le jeune homme brun avait conquis M. Javelin. Quant à Mlle Noémie, il n'eut pas été besoin de la presser beaucoup pour lui faire avouer que ce fiancé envoyé par tante Coralie était de tous points irrésistible et réalisait, de fort heureuse façon, l'idéal qu'elle avait toujours entrevu en ses rêves de jeune fille.

Et comme on avait fini de déjeuner, jetant sa serviette sur la table, M. Javelin dit :

— Nous allons prendre le café au jardin. Nous y serons mieux qu'ici.

E à Noémie :

— Veux-tu t'occuper de cela, fifille ? Phémie est encore sous le coup de son émotion, et elle nous servirait tout de travers.

— Mais oui, papa, obéit Noémie, toute heureuse de faire montre de ses inestimables qualités de maîtresse de maison.

M. Javelin s'était levé et avait montré le chemin à son hôte.

Le jeune homme brun avait agréablement déjeuné. Et, sous les bienfaisants effets d'une heureuse digestion, il commençait à voir la vie sous ses plus heureuses faces.

Tout était pour le mieux dans le meilleur des mondes, constatait-il, et il songeait béatement :

— Me voici tranquille pour quelque temps. A cette heure, le garde champêtre triomphe sous ses lauriers et me laissera en paix m'éloigner de ce pays où je n'aurais dû jamais revenir. Demain, au plus tard, le fiancé véritable, dont je prends la place ici, dans cette villa, comme je l'ai déjà dans sa redingote, sera mis en liberté, car la vérité éclatera. Il épousera Mlle Noémie et sera finalement heureux. C'est encore lui qui a le plus de chance, car de telles perspectives ne sont point faites pour moi. Ce serait doux, pourtant, de se faire une famille, d'avoir une femme, un beau-père comme ce brave homme, et, plus tard, des enfants... Bah ! ne rêvons pas l'impossible ! A chacun sa destinée. D'ailleurs, ce qui me rend aussi idyllique, c'est assurément que je n'ai pas ma pipe, l'ayant imprudemment laissée, là-bas, derrière ce grand mur qui a servi à mon évasion.

Et il demanda à M. Javelin :

— Vous ne fumez pas ?

— Jamais. Mais si une cigarette ou un cigare vous sont agréables, ne vous gênez point, mon jeune ami.

— Mais... mademoiselle ?

— Elle ne craint point la fumée, et, d'ailleurs, si vous êtes fumeur, il faudra bien qu'elle s'y habitue.

Le jeune homme brun fit mine de chercher dans sa poche un étui à cigarettes qu'il savait n'y pas trouver.

Mais M. Javelin le retint d'un geste :

— Attendez... Fifille !

— Papa !

— Va donc me chercher dans le salon, cette boîte de cigares que l'on m'a envoyée de la Havane !

Et comme Noémie filait, preste :

— Il paraît qu'ils sont excellents. C'est un vieil ami pour qui j'avais peint jadis quelques panneaux...

— Vous êtes donc peintre ?

— Coralie ne vous l'avait point dit ?

Le jeune homme brun se mordit les lèvres.

— Je vous demande pardon : je suis si distrait ! Elle m'a même montré de vos œuvres. Charmant, d'ailleurs, d'une fraîcheur de coloris, d'une légèreté de touche !

M. Javelin s'épanouit :

— Je parie qu'elle vous a montré la porte de cette armoire...

— Heu...

— Oui ! Il y a sept ou huit mois, je me trouvais à La Concourde, et Coralie venait de commander au menuisier une armoire pour mettre ses confitures. Ma foi, comme je me trouvais là, j'ai donné un coup de pinceau à l'armoire. C'est un joli travail, en effet, et Coralie s'en montra très fière. Elle daigna m'assurer qu'il n'y avait pas un artiste, même à Montélimar, capable de peindre une armoire comme moi !

Et il ajouta :

— Que voulez-vous, on est artiste ou on ne l'est pas. Or, je m'en flatte ; moi, je le suis !

Le jeune homme brun ouvrait de grands yeux. Qu'est-ce que c'était que cet artiste peintre qui peignait des armoires ? Lui qui avait cru que la peinture de M. Javelin était toute autre; même il avait été sur le point de jurer qu'il avait admiré chez tante Coralie des toiles du plus bel effet; il s'agissait de se montrer circonspect et de ne point trop s'avancer avec un pareil bonhomme.

Heureusement, Noémie apparut portant la boîte de cigares; elle en offrit un au jeune homme, puis versa le café, et s'assit, toute rêveuse.

— Mon cher ami, fit M. Javelin, prenez-vous du rhum, du kirsch ou du cognac, après votre café ?

Le jeune homme brun fut sur le point de répondre : « Des trois ». Mais il opina pour le cognac, qu'il apprécia en véritable connaisseur.

— Je vois que vous n'êtes pas inexpérimenté en matière de liqueurs, fit observer M. Javelin.

— Ma foi, je l'avoue.

— Et je ne vous en fais pas un crime, mon cher...

Puis, éclatant de rire :

— Au fait, savez-vous que Coralie, dans sa lettre, a oublié de nous dire votre nom ?

— Bah ! fit le jeune homme qui se sentit pâlir.

— C'est comme j'ai l'honneur... une distraction, sans doute, ou bien n'y aura-t-elle pas pensé. De sorte que vous êtes ici depuis au moins deux heures, nous sommes déjà une paire d'amis, je m'en flatte, je sais déjà sur vous des tas de choses, hors la plus importante : comment vous vous nommez ! Est-ce drôle, hein ? On le raconterait qu'on ne voudrait pas le croire.

— Très drôle, en effet, opina le jeune homme, en s'efforçant de se mettre à l'unisson de la gaîté de M. Javelin.

Mais, dans le fond, il eût payé cher pour se trouver ailleurs. Voici qu'on allait lui demander d'exhiber son état civil, lui qui paraissait avoir des raisons sérieuses pour vouloir, au contraire, garder l'incognito le plus strict.

— Ma foi, pensa-t-il, je ne m'en tirerai qu'en donnant un pseudonyme... le moins transparent possible.

Et comme M. Javelin renouvelait sa question :

— Comment donc jeune homme vous appelez-vous ?

C'est avec le plus bel aplomb qu'il répondit :

— Léo de Troispoints !

Et en lui-même :

— Hé ! Allons donc ! Annoblissons-nous pendant que nous y sommes. Pour ce que cela me coûte !

Mais M. Javelin s'étonnait :

— Fichtre ! Léo de Troispoints ! Vous êtes donc noble ?

— Baron, pour vous servir.

— Hé ! hé ! Baron ! Hein, qu'en dis-tu, Noémie ?

Noémie buvait du lait. S'appeler la baronne de Troispoints, c'était assurément plus qu'elle n'en demandait. Le fiancé envoyé par tante Coralie dépassait toutes ses espérances.

— Les de Troispoints doivent être une vieille famille du Brabant ? fit M. Javelin.

— Mais sans doute, assura le jeune homme.

Il disparut dans le chemin qui conduisait au village. (p. 25.)

— Car ma sœur Coralie nous a dit que vous étiez Belge...

— Comme une oie ! crut devoir dire le jeune homme rééditant une plaisanterie combien périmée.

— Et ma fille qui, en apprenant votre nationalité, craignait que nous ne fussiez blond !

Puis se levant, très emballé :

— Ma foi, mon cher Léo — vous permettez, n'est-ce pas, que je vous appelle par votre petit nom ?...

— Mais comment donc ! J'allais vous en prier !

— Eh bien donc, mon cher Léo, vous me plaisez ! Vous me faites l'effet d'un gaillard solide et robuste; d'autre part, votre situation, du moins celle que vous allez occuper à Montélimar, me va; vous êtes noble, par surcroît, et riche, n'est-ce pas ?...

— Mon Dieu, fit le jeune homme brun, il ne faudrait pas croire que je suis millionnaire...

— Nous n'en demandons pas tant! D'ailleurs, je donne à Noémie deux cent mille francs comptant, comme j'ai eu l'honneur de vous le dire, et, réellement, si vous plaisez à ma fille comme vous me plaisez à moi-même, vous pouvez considérer cette affaire comme conclue!

Et se tournant vers sa fille :

— Voyons, qu'en penses-tu, Noémie ?

— Mais, papa... murmura Mlle Noémie, qui rougit soudain et devint plus écarlate qu'une griotte de juillet.

— Tu veux réfléchir ? Rien de plus juste! D'ailleurs, comme je ne veux pas influer sur ta décision, et qu'il importe que, si vous vous mariez, vous fassiez un peu connaissance, je vais vous laisser, mes enfants. Racontez-vous vos petites affaires, faites-vous vos confidences mutuelles. Dévoilez-vous vos défauts et vos qualités, et dans une demi-heure, c'est bien le diable si vous ne parvenez pas à savoir que vous êtes faits l'un pour l'autre. Moi, pendant ce temps, je vais lire le *Mémorial de Montélimar*, sur lequel je n'ai même pas eu le temps de jeter un coup d'œil depuis ce matin! Et cela est d'autant plus impardonnable que c'est aujourd'hui que l'on publie la liste des numéros gagnants de la grande loterie des Vieillards Tuberculeux!

A ces derniers mots, le jeune homme se leva si brusquement qu'il renversa sa chaise derrière lui, et que M. Javelin et sa fille pensèrent qu'il venait soudainement d'être piqué par un serpent ou quelque autre bête maléficieuse.

Mais le jeune homme brun ne prêta aucune attention à la stupéfaction de ses hôtes, et, dressé devant M. Javelin :

— C'est hier qu'a été tirée la loterie des Vieillards Tuberculeux!

— Vous en possédez un numéro, vous aussi ?

— Certes.

— Il serait curieux que nous ayons gagné quelque lot. Après tout, cela est fort possible, car, comme dit le proverbe, un bonheur n'arrive jamais seul. D'ailleurs, nous allons voir!

Et, se tournant vers Noémie :

— Fifille, où diable as-tu mis le *Mémorial de Montélimar?*

— Sans doute est-il resté dans la salle à manger!

— Va donc me le chercher.

Légère comme une biche, Mlle Noémie grimpa les quelques marches du perron et revint bientôt rapportant le numéro désiré, qu'elle tendit à son père.

M. Javelin chaussa ses lunettes, puis, dépliant la feuille avec un grand bruit de papier froissé :

— Voyons... voyons... nouvelles de la dernière heure... le voyage du roi de Norvège... Un scandale à la Chambre... Ah!... voici : tirage de la loterie des Vieillards Tuberculeux, le numéro gagnant le lot de cinq cent mille francs... Non! Ce n'est pas le nôtre! C'est le numéro 30, série 10!

— Hein! bondit le jeune homme brun.

— Quoi ?

— Vous avez dit...

— Le numéro 30, série 10.

— Mais c'est le mien... c'est le mien! délira le jeune homme. Je gagne cinq cent mille francs!

— Non ?

— Parbleu!

— Mais vous en êtes bien sûr ?

— Jugez plutôt.

Et, instinctivement, le jeune homme brun porta la main dans la poche gauche de son vêtement.

Mais, tout à coup, se souvenant qu'il avait changé de vêtements avec le fiancé authentique, propriétaire de la valise où il avait trouvé le complet en lequel il se prélassait, et qu'il avait omis, dans sa précipitation, de prendre son porte-monnaie qui se trouvait dans la poche intérieure de son veston :

— Mille millions de bémols! hurla-t-il.

Et son visage prit une telle expression de désespoir, sont teint, ordinairement fleuri, devint si terreux, ses yeux exprimèrent une telle douleur, que M. Javelin et Mlle Noémie se précipitèrent :

— Que vous arrive-t-il ?

— Il m'arrive... Il m'arrive...

— Quoi ?...

Mais il se frappa le front, et :

— Pardieu, il doit être encore à la prison de Donzère!... Après tout, qu'est-ce que je risque, maintenant que je suis riche!... Vite, courons délivrer ce pauvre jeune homme!... Pourvu que j'arrive à temps!...

Et, repoussant M. Javelin, stupéfait, sans même daigner donner une explication au pauvre homme, il courut vers la porte du jardin, la poussa fébrilement, et, nu-tête, comme il était, il disparut dans le chemin qui conduisait au village.

— Il est fou, papa gémit Mlle Noémie. Il est fou !

— J'en ai bien peur! Quel dommage! Un garçon qui me plaisait si fort!

— Eh bien... et à moi donc! murmura Noémie, éplorée.

VIII

HISTOIRE DU JEUNE HOMME BRUN

L'émotion, qu'avait soulevée dans la petite ville de Donzère l'arrestation du farouche dévaliseur de villas, n'était pas encore calmée, et tous les habitants étaient sur leur porte ou réunis en groupes sur le foirail devisant du sensationnel événement, quand, tout à coup, on vit apparaître sur le chemin de la chocolaterie, un jeune homme brun, nu-tête, fort élégamment vêtu d'ailleurs d'un complet redingote sortant de chez le bon tailleur, et qui arrivait en courant, agitant les bras, prononçant des discours à haute voix, donnant tous les signes d'une agitation si vive, que tout le monde s'accorda à le taxer de démence.

— C'est un fou ! s'écrièrent les bons Donzerois, pris de peur.

Et chacun de se préparer à la fuite.

Ce n'était pas un fou : ce n'était que le pseudo-fiancé de Mlle Javelin, qui, venant soudainement d'apprendre que le tirage de la loterie des Vieillards Tuberculeux venait d'avoir lieu, s'apercevait qu'il possédait le numéro gagnant le gros lot, au moment précis où, par suite d'un troc de vêtements, ce bienheureux billet n'était plus en sa possession.

Comme un fou, à la vérité, il avait quitté la villa de M. Javelin, et tandis qu'il accourait sur le chemin de la chocolaterie, il était de toute évidence qu'il donnait tous les signes d'une démence arrivés au paroxysme.

C'est que, comme tous les déments, il était en proie à une idée fixe, qui était de retrouver le légitime propriétaire de la valise, à cette heure détenteur de ses propres vêtements et, par conséquent, du fameux billet de loterie gagnant le gros lot de cinq cent mille francs.

L'infortuné, il n'en pouvait douter, était sous les verrous ; eh bien, il allait faire éclater son innocence, et, en récompense, l'autre ne saurait manquer de lui restituer son bien, comme lui, lui rendrait sur-le-champ son complet redingote.

Pour cela, il ne s'agissait que de mettre la main sur le garde champêtre, à qui il raconterait toute la vérité.

Et c'est pourquoi, voyant du monde assemblé sur le foirail, il se précipita sur le premier groupe, dont les individus ne purent fuir, ayant toute retraite coupée par le mur où ils étaient acculés.

— Savez-vous où je trouverai le garde champêtre demanda le jeune homme brun à ces pauvres gens frémissants.

Tout d'abord, ils n'eurent même pas la force de répondre. Heureusement, il y avait parmi eux un homme courageux, ancien soldat sans doute, dont la boutonnière se fleurissait d'un ruban jaune et qui devait en avoir vu bien d'autres.

— C'est le père Baguette, que vous demandez ?

— C'est le garde champêtre ?

— Ben oui, le père Baguette ! Sûrement vous le trouverez au café des Platanes : il *n'en quitte* pas.

Rassurés, maintenant, les autres badauds se rapprochèrent, et deux ou trois voix voulurent bien expliquer :

— Justement, tout à l'heure, nous l'avons vu entrer au café des Platanes en compagnie des gendarmes de Pierrelatte.

— Avec les gendarmes ?

— Oui...

— Qui ont arrêté ?...

— ...le cambrioleur ? Oui.

Le jeune homme brun n'en voulut pas entendre davantage. Sans même prendre le temps de dire merci, il courut vers le café des Platanes, dont il devait assurément connaître la topographie, puisqu'il ne demanda pas où il se trouvait.

— Décidément, c'est un fou jugea-t-on parmi le groupe.

Et les conversations reprirent de plus belle sur ce nouvel incident.

Cependant le jeune homme brun avait obliqué à droite, et, toujours courant, s'était dirigé vers les ombrages du petit Cours où s'élevait en effet le café des Platanes.

C'était un établissement modeste dont la terrasse était décorée de quatre tonneaux peints en vert où s'étiolaient des lauriers roses rabougris.

En coup de vent, le jeune homme pénétra dans la salle, qui était vide.

Mais au bruit de la porte s'ouvrant, un gros homme, en bras de chemises et fumant une courte pipe de terre, s'avança vers ce client inespéré :

— M'sieur ?

— Le père Baguette ?

— Le garde champêtre ?

— Lui-même.

— Il sort d'ici avec ces messieurs les gendarmes de Pierrelatte !

— Mille millions de bémols ! Et où peut-il être, à cette heure ?

— Mais, chez M. le maire, à qui il va rendre compte de l'importante arrestation...

Mais le jeune homme brun interrompit le cafetier :

— M. le maire est toujours M. Carsignol ?

— Toujours.

— Et M. Carsignol habite toujours sur la route de Grignan ?

— Toujours.

Le jeune homme était déjà loin.

Il avait suivi le cours, tourné dans la Grand'rue, remonté une cinquantaine de mètres, et là, pris à gauche pour s'engager sur la route de Grignan.

La maison de M. Carsignol était la dernière du village, et l'on apercevait de loin ses murs éclatants d'un ocre lumineux, ses volets verts et son toit en terrasse.

M. Carsignol était un homme sec et bilieux, avec des yeux en boule de loto et sous son nez en lame de rasoir, une moustache qui ressemblait à une brosse à dents.

Assis sur un fauteuil de jardin, à l'ombre d'un sophora dont les branches éplorées formaient tonnelle, il écoutait le récit que lui faisait Baguette, approuvé par les hochements de tête des deux gendarmes, et il s'étonnait de l'aventure, et ses yeux ordinairement saillants et arrondis en boule, semblaient se désorbiter complètement par l'effet de sa stupéfaction. Etait-ce possible que son subordonné eût accompli un pareil exploit que l'arrestation de ce farouche dévaliseur de villas, qui terrorisait la contrée depuis quelque temps, et que le maire de Donzère avait vu bien souvent dans ses cauchemars de dyspeptique invétéré.

Et c'est à ce moment que la grille du jardin grinça et que le jeune homme brun fit irruption.

— Que se passe-t-il ? Que voulez-vous ? grommela M. Carsignol, en essayant de donner un air de majestueuse autorité à sa physionomie simplement morose.

— Monsieur le maire, articula nettement le jeune homme brun, je viens vous informer que votre garde champêtre vient de commettre une monstreuse erreur judiciaire.

— Moi! fit le père Baguette, affolé.

— En arrêtant un innocent, qu'il a pris pour le cambrioleur de villas!

— Hein!

— Attendu que le dévaliseur de villas, c'est moi!

— Vous!

— Ou plutôt, et pour mieux dire, c'est moi que le garde champêtre a pu prendre pour ce malfaiteur, c'est moi qu'il a poursuivi, c'est moi qu'il a bloqué dans le jardin de M. Touffe, et enfin c'est moi qui ai pu m'enfuir, en sautant par-dessus le mur, et en pénétrant dans la demeure paisible de M. Javelin!

L'infortuné M. Carsignol sentit sa tête se briser sous le flux de ces explications auxquelles il ne comprenait pas grand'chose; quant au père Baguette, il ouvrait la bouche, plissait ses yeux, en proie à une émotion bien compréhensible. Etait-ce posible! Lui qui était si fier de son arrestation! Et il était la cause d'une erreur judiciaire! Il avait arrêté un innocent! Sans doute cet innocent allait se plaindre, et alors...

Il se vit soudainement précipité des hauteurs glorieuses où il planait, et, dégringolant dans l'abîme où toute sa respectabilité, toute son autorité allait sombrer, heureux encore s'il n'y perdait point sa place.

Cependant, M. Carsignol, qui sentait confusément que toute cette histoire allait troubler sa digestion et prévoyait l'horreur des crampes d'estomac futures, s'était levé, et, foudroyant le jeune homme brun sous son regard :

— Voyons, tout cela est bien confus! Etes-vous ou n'êtes-vous pas le dévaliseur de villas?

— Je ne le suis pas.

Le maire reprit :

— Si ce n'est vous, c'est donc l'autre? Celui que l'on a arrêté?

— Pas davantage.

— Mais, sapristoche! s'irrita M. Carsignol, il faut pourtant que ce soit l'un de vous deux!

— Pardon, il peut y en avoir un troisième! En tout cas, celui que l'on a arrêté n'est pas le vrai. Et il importe qu'on le remette en liberté, immédiatement.

— Pourtant, articula le père Baguette, dont les facultés intellectuelles commençaient à se remettre de cette violente émotion, pourtant, l'homme que j'ai poursuivi ce matin, et qui s'est *ensauvé* à mon approche, en se cachant dans le jardin de M. Touffe.

— Mais puisque je vous dis que c'était moi!

— Allons donc! Il n'avait pas une redingote, comme vous, il était vêtu... comme celui que j'ai arrêté, quoi!

— C'est que j'ai pris ses vêtements et qu'il a été contraint d'endosser les miens!

— Alors, vous étiez de connivence? demanda M. Carsignol, impatienté.

— Pas le moins du monde. Je ne le connais même pas!

— Tout cela n'est pas très clair.

— Mais si, voyons, assura le jeune homme brun. Je vais vous dire et vous allez parfaitement comprendre...

Et, le plus simplement du monde, comme s'il se fût agi d'une chose toute naturelle, il dit comment, du jardin de M. Touffe, il avait passé dans celui de M. Javelin; là, comment un homme d'équipe lui avait remis une valise; comment, dans cette valise, ayant trouvé un vêtement de cérémonie, il l'avait revêtu, et ce, pour échapper à la poigne du garde champêtre, qui le poursuivait, comment...

Mais le brigadier de gendarmerie de Pierrelatte, qui n'avait rien dit jusqu'à ce moment, prit la parole, et, interrompant le jeune homme brun :

— Vous avouez que vous vous cachiez du garde champêtre?

— Mais...

— C'est donc que vous n'avez pas la conscience bien nette mon garçon.

— Pardon...

Mais M. le maire de Donzère, faisant un signe au gendarme, lui imposa silence, et il dit, grave et omnipotent :

— Au fait... qui êtes-vous... comment vous nommez-vous?

— Comment je me nomme?

— Oui.

Le jeune homme brun parut réfléchir un instant, puis, secouant la tête :

— Au fait, je puis bien révéler mon état civil, à cette heure, puisque j'ai gagné le gros lot et que je suis riche.

Et se plantant devant M. Carsignol :

— Vous demandez qui je suis! Mais regardez-moi donc, monsieur Carsignol, et vous aurez vite fait de me reconnaître, quoique j'aie un peu changé depuis sept ou huit ans! Vous me demandez qui je suis? Parbleu, mais je suis Léonard Margoulat, le neveu de M. Touffe!

— Lui... le neveu de M. Touffe! fit une voix. Ah! par exemple!

C'était cet excellent M. Javelin qui survenait, et arrivait à point pour entendre l'aveu de celui qu'il avait pris pour le fiancé envoyé par tante Coralie, et qui lui avait dit, à lui, se nommer Léo de Troispoints!

M. Touffe, ancien huissier à Montélimar, avait une sœur jumelle qu'il chérissait tendrement, et qui s'était mariée avec un certain Margoulat, confiseur de son métier et inventeur d'une machine à fabriquer le nougat, laquelle, assurait-il, devait le mener rapidement à la fortune. Elle ne le conduisit qu'à la faillite, et, acculé, comme l'inventeur Margoulat était un honnête homme, il ne put survivre à son déshonneur et s'en fut se jeter dans le Roubion, où il se noya.

Mme Margoulat, née Touffe, en conçut une telle douleur, qu'elle ne tarda pas à trépasser à son tour, laissant un pauvre petit orphelin de deux ans à peine, qui se trouva désormais tout seul au monde, n'ayant pour tout parent que l'huissier de Montélimar.

Touffe ne s'était jamais marié; il reporta sur son neveu toute l'affection qu'il avait eue pour sa sœur jumelle, et jura de se consacrer à son éducation et d'en faire un homme.

Il vendit donc son étude et se retira à Donzère, son pays natal, afin d'avoir tout le loisir nécessaire pour se consacrer à l'éducation du petit Léonard.

— Sa pauvre mère, disait-il, était une rêveuse et son père un inventeur! Fatal héritage! Il faut que je m'y prenne de bonne heure si je veux que Léonard devienne un homme sérieux. Je veux qu'il soit magistrat, car c'est la plus belle et la plus noble profession qui soit.

Et Touffe voyait déjà son neveu président le tribunal de Montélimar, coiffé de cette majestueuse toque galonnée que, durant toute sa vie d'huissier audiencier, il avait contemplée avec une admiration sans bornes.

Aussi mit-il tout en œuvre pour que son neveu parvînt à cette éblouissante apothéose.

Par malheur, les oncles proposent et les neveux disposent.

Léonard fut sage comme une image jusqu'à l'âge de six ans, c'est-à-dire tant qu'il fréquenta l'école maternelle; mais du jour où son oncle, jugeant que les temps étaient venus, le confia aux bons soins de l'instituteur, notre gamin devint le plus insupportable garnement qui se puisse voir, faisant l'école buissonnière le plus souvent, et ne fréquentant la classe que pour faire des niches à son maître ou se disputer avec ses petits camarades.

M. Touffe pensa d'abord que c'était là simple étourderie résultant du jeune âge de l'enfant, qu'il avait, d'ailleurs, il l'avouait, un peu trop gâté. Et quand Léonard eut atteint sa dixième année, espérant que l'internat aurait raison du caractère difficile du mioche, il le mit au collège de Valence.

Il y fit de mauvaises études, et quand vint l'heure de passer les épineuses épreuves du baccalauréat, le jeune Léonard refusa tout net de se présenter à un examen où il était sûr d'avance d'échouer.

— Mais, malheureux enfant! gémit Touffe, si tu ne passes pas ton baccalauréat, tu ne pourras faire ton droit, et, ne faisant pas ton droit, jamais tu ne seras magistrat!

— Je ne veux pas être magistrat! riposta Léonard.

— Comment! tu ne veux pas être magistrat? Le rêve de toute ma vie!

— Non.

— Alors qu'est-ce que tu veux être?

— Musicien!

— Musicien!...

Le bonhomme Touffe faillit choir de son haut.

— Musicien!

C'est assurément ce jour-là qu'il contracta la maladie de cœur qui devait l'emporter quelque quinze ans plus tard.

— Musicien!

Avait-on idée de ça!

— Mais tu es fou! Tu es toqué! Musicien!... Alors tu te figures que j'ai dépensé des cent et des mille pour te voir souffler dans du cuivre, racler des boyaux de chat ou taper sur des vieilles dents d'éléphants!

Et il regretta amèrement, sous prétexte d'art d'agrément, d'avoir fait donner des leçons de piano à son neveu.

— Voyons, Léonard, mon enfant, ce que tu dis là n'est pas sérieux?

— Si! Je veux être muiscien!

— Mais c'est un métier...

— Ce n'est pas un métier, c'est un art! affirma le jeune homme.

— Raison de plus! Un art qui ne nourrit pas son homme, comme tous les arts, d'ailleurs!

— Croyez-vous, fit le jeune homme triomphant, que MM. Massenet ou Saint-Saëns sont inscrits à l'Assistance publique?

M. Touffe ne répondit rien. Il ne connaissait ni M. Massenet ni M. Saint-Saëns. Mais il pensa que ces messieurs, assurément, ne venaient pas à la cheville du président du tribunal de Montélimar, et, qu'à tout prendre, ils ne valaient même pas un simple huissier audiencier comme lui.

Il songea que c'était là une lubie de Léonard, dont il reviendrait vite, et attendit les événements. Léonard quitta le collège de Valence sans avoir passé son baccalauréat, ce dont M. Touffe ne se consola jamais, et il revint à Donzère, où il flâna, passant ses journées à jouer du piano ou racler du violon, et ses soirées à griffonner des signes cabalistiques sur des feuilles de papier quintuplement rayé.

M. Touffe maigrit de six livres.

Puis, un jour, Léonard, ayant atteint sa dix-huitième année, déclara qu'il voulait s'engager.

— Parfait! approuva son oncle.

Car, à cette déclaration, le bon M. Touffe se sentit renaître à l'espoir. N'ayant pu faire un juge, son neveu deviendrait sûrement un brillant officier. Saint-Maixent lui ouvrirait la voie hiérarchique.

Et Léonard s'engagea.

Mais trois mois après, M. Touffe eut une attaque en apprenant que Léonard faisait partie dans la musique.

Ce n'était pas de cette façon qu'il entrerait à Saint-Maixent!

Mais Léonard n'avait pas plus de souci de l'armée que de la magistrature; une seule chose comptait pour lui : la musique! Il suivait les cours du Conservatoire de Lyon, devenait un violoniste émérite et un pianiste talentueux, prenait des leçons de composition, de fugue et de contrepoint, et, son service militaire terminé, ayant été couronné de tous les lauriers que peut donner le Conservatiore de Lyon, il n'eut qu'une ambition : partir pour Paris, y terminer ses études, concourir pour le prix de Rome, et faire son chemin dans cet art auquel il s'était adonné corps et âme.

Touffe n'entendait pas de cette oreille.

Laisser aller son neveu à Paris, cette ville de perdition et de vices? Jamais de la vie!

— Tu resteras à Donzère!
— Mais j'y perdrai mon temps!
— J'ai assez de quoi te faire vivre!
— Mais mon avenir!
— La musique n'est pas un avenir.

Il faut dire, à la décharge de l'huissier audiencier que, pour lui, la musique consistait à jouer du violon ou de tout autre instrument dans les fêtes votives et les bals publics, et il ne voulait pas que son neveu exerçât une profession aussi décriée.

Et comme Léonard se révoltait, il lui coupa les vivres.

Mauvaise idée, car Léonard fit des dettes, de grosses dettes.

Il emprunta à Pierre et à Paul, et bientôt tout Donzère se trouva créancier du jeune homme. Et c'est alors qu'un beau soir, sans tambours ni trompettes, notre Léonard prit le train pour Paris, en laissant un petit billet à son oncle où il lui disait qu'il ne reviendrait plus à Donzère tant qu'il n'aurait pas fait fortune.

Et il faut croire que cette fortune n'était pas encore arrivée, puisque Léonard n'était plus revenu dans le pays depuis une dizaine d'années qu'il en était parti.

En apprenant que celui qu'il avait pris pour le fiancé envoyé par sa sœur Coralie était Léonard Margoulat, le neveu de son ancien ami Touffe, ce garçon dont le notaire lui avait dit pis que pendre, l'excellent M. Javelin, qui venait de pénétrer dans le jardin de M. le maire pour entendre cet aveu, en demeura comme anéanti.

— Comment!... Vous êtes?...

— ...Léonard Margoulat en personne, fit le jeune homme, en souriant de la mine ébahie de M. Javelin.

— En effet, fit M. Carsignol, je vous reconnais maintenant!

— Moi aussi, balbutia le père Baguette, bien que je ne vous aie vu depuis une dizaine d'années.

Cependant, M. Javelin reprenait lentement ses esprits.

— Voyons, voyons, fit-il, est-ce que je rêve ou suis-je encore endormi? Si vous êtes Margoulat, si vous n'êtes pas le fiancé que j'attendais, pourquoi êtes-vous venu chez moi? Pourquoi m'avez-vous laissé croire...? Jeune homme, jeune homme, ce que vous avez fait là n'est pas bien!

Et M. Javelin prit un air sévère.

— Que voulez-vous, avoua Léonard, j'y ai été contraint par les circonstances.

E il raconta :

— La carrière artistique est des plus épineuses, et il est évident que j'eusse été plus argenté si j'avais suivi les goûts de mon oncle et que j'eusse consenti à devenir président du tribunal à Montélimar. Mais on ne peut lutter contre sa vocation, et, d'ailleurs, je ne regrette rien. Ayant raté mon prix de Rome, car il n'est pas permis à tout le monde d'aborder à Corinthe, il m'a fallu me débrouiller pour vivre. Je ne vous dirai pas tous mes avatars, ce serait trop long : qu'il vous suffise de savoir que j'ai vécu au jour le jour, et qu'il m'eût été bien difficile de payer toutes les dettes que j'avais laissées dans ce pays. Aussi, ne songeai-je point à y revenir, me disant : « Un de ces jours, pourtant, la veine finira bien par me sourire, et mon opéra-comique d'être joué chez Monsieur Carré. Alors, à moi la richesse! Le gouvernement ne saura manquer de me décorer de la Légion d'honneur, et mon brave homme d'oncle, plus fier de moi que si j'avais écouté ses conseils, m'ouvrira tout grands ses bras et payera mes dettes. » Malheureusement, Monsieur Carré se fait tirer l'oreille, et c'est ainsi que j'appris que mon oncle était mort, et que j'étais son légataire universel. Cela me faisait une belle jambe! Tout compte fait l'héritage avunculaire pouvait à peine servir à combler le déficit de mon passé tumultueux. Alors, à quoi bon me déranger?

« Pourtant, il y avait une chose qui me turlupinait. Quand j'avais quitté Donzère, j'avais oublié, en ma hâte et aussi mon émotion, un violon fameux entre tous, véritable pièce de musée, et que j'ai tout lieu de croire être un authentique stradivarius. Ce violon était en un placard dont j'avais la clef, et situé dans le petit pavillon que mon oncle avait fait édifier dans son jardin attenant au chemin de fer. Il n'y avait pas à songer que jamais mon brave oncle eût vendu cet instrument, si tant il était qu'il l'eût découvert; pour lui un violon, même de Stradivarius, et un fifre de deux sous, c'est tout comme! Je résolus donc de venir incognito à Donzère et d'y reprendre mon violon, que j'étais sûr de retrouver où je l'avais laissé.

« Le malheur voulut que ce matin, en débarquant du train, le père Baguette tiquât de l'œil sur ma modeste personnalité. J'avoue, d'ailleurs, que, sans être d'une élégance de snob, je suis ordinairement un peu mieux vêtu que je ne l'étais ce matin. Mais je me figurais que, de cette façon, j'attirerais moins les yeux sur moi, ne pouvant me douter que cet excellent père Baguette était en quête d'un dévaliseur de villas.

« D'abord, quand je le vis me suivre à la piste, je pensai, que malgré mes artifices, j'étais reconnu et que mes créanciers avaient envoyé le garde champêtre à mes trousses. Cette idée s'ancra davantage en mes méninges quand je m'aperçus que j'étais bloqué dans le jardin de mon oncle, où, d'ailleurs, ayant pénétré dans le pavillon, je ne retrouvais plus mon violon.

— Léo, me dis-je, tu t'es fichu dans une mauvaise situation. Il s'agit de t'en tirer honorablement.

« Heureusement, la gymnastique, ça me connaît, je grimpai donc sur ce mur que mon oncle a fait élever, je ne sais pourquoi, et tombai dans le jardin de Monsieur! »

Et, ce disant, Léonard salua M. Javelin, qui écoutait ce récit avec assurémeint plus d'intérêt que si *Peau-d'Ane* lui eût été conté.

Léonard reprit :

— Mon intention, ayant faussé compagnie au père Baguette et à ses sbires, était de fuir par cette villa. Mais le hasard voulut que, comme j'allais me défiler, un homme d'équipe, me prenant pour un autre, me remit une valise. Dans cette valise, il y avait un complet redingote.

— Bah ! me dis-je, je ne sais à qui appartient ce complet, mais je m'en vais le lui emprunter pour quelques heures; je le lui ferai rendre ce soir avec mes civilités les plus empressées.

« Seulement, le sort, que les Latins appelaient Fatum et les Grecs Ananké, avait l'œil sur moi.

« Sur le point d'être surpris, il me fallut me cacher dans un salon, où quelques instants après, Monsieur arrivait avec sa demoiselle, en me tendant les mains amicalement, et en me demandant de mes nouvelles et de celles d'une certaine dame Coralie, que je ne connaissais ni des lèvres ni des dents, comme a l'habitude de le dire ma concierge.

« Non content de me témoigner ce cordial accueil, il poussa encore l'amabilité jusqu'à m'inviter à déjeuner et à m'offrir la main de sa fille.

Et, se tournant vers M. Javelin :

— Voyons, est-ce vrai que vous m'avez offert la main de votre fille ?

— C'est que je vous prenais pour un autre ! Il fallait me détromper !

— Fichtre non ! J'avais trop peur de mes créanciers !

— Alors, vous n'êtes pas le fiancé envoyé par tante Coralie ! gémit lamentablement M. Javelin.

— Puisque je suis Léonard Margoulat !

— Et l'autre... celui qu'on a arrêté ?

— Ce doit être le bon ! La valise lui appartenait, et quand il a voulu s'habiller, il n'y a trouvé que les vilaines frusques que j'y avais laissées. D'où l'erreur de cet excellent père Baguette !

— Tonnerre ! hurla le père Baguette.

— Mais il faut courir ! cria M. Javelin, il faut le délivrer, ce malheureux garçon que l'on a mis en prison ! Elle va être contente, tante Coralie, quand elle apprendra la réception qui a été faite à son protégé ! Pourvu qu'elle ne déshérite pas ma fille !

M. Carsignol eut le sentiment de toute sa responsabilité dans cette délicate affaire d'arrestation arbitraire. Il laissa tomber sur l'infortuné père Baguette accablé et contrit un regard plein d'un gastralgique mépris, et dit :

— Voilà de vos âneries !

— Mais...

— Courez vite délivrer le malheureux, et tâchez de vous faire pardonner !

— Oui... oui... opina M. Javelin, courons délivrer le malheureux, et Dieu veuille qu'il consente à bien prendre cette méprise fatale !

— Et surtout, conclut Léonard, qu'il me rende mon billet de loterie, le numéro gagnant du gros lot, grâce à quoi je vais pouvoir rembourser mes créanciers et passer fièrement dans les rues de Donzère.

On se dirigea vers la tour qui servait de prison à la petite ville de Donzère.

Mais quand le père Baguette eut ouvert la porte, il trouva la cage vide; le prisonnier s'était échappé, bien que l'huis ne fût point forcé, et que la geôle n'eût que d'étroites fenêtres situées à plus de six mètres au-dessus du sol.

IX

CE QU'IL ADVINT AU PROTÉGÉ DE TANTE CORALIE DANS LA VIEILLE PRISON DE DONZÈRE

La petite ville de Donzère n'avait que bien rarement l'honneur d'être visitée par des malfaiteurs de marque et si parfois il s'en montrait dans le pays, c'était bien plus rarement encore que l'on procédait à leur arrestation. Aussi le conseil municipal avait négligé de faire construire une prison, préférant employer l'argent de ses centimes additionnels à des travaux d'une utilité plus immédiate.

Il n'y avait donc pour servir de maison d'arrêt qu'une des vieilles tours qui flanquaient jadis, de-ci de-là, les anciens murs d'enceinte, car nul n'ignore que Donzère fut jadis une ville importante, place forte du bon vieux temps où l'on se battait à coups de poings.

Cette tour assez bien conservée et la seule qui demeurât debout, se trouvait là-haut, tout là-haut, au sommet de la collinette au flanc de laquelle Donzère accroche ses vieux quartiers, et commandait fort bravement le plateau couvert de pierres, de thyms et de lavandes, où les bonnes vieilles du pays avaient coutume de mener paître leurs chèvres.

L'endroit était désert, sauvage à souhait, aussi la vieille tour jouissait-elle d'une assez mauvaise réputation, et l'on assurait communément, dans les veillées, qu'elle était hantée de revenants qui, la nuit, y menaient leur sabbat.

On y accédait par une petie porte basse et ogivale et l'on se trouvait dans une salle haute de dix ou douze mètres, voûtée et éclairée par deux meurtrières à six mètres du sol, de sorte qu'une fois la porte fermée, il eût fallu être chauve-souris ou corneille pour s'en échapper.

Le sol, couvert de dalles, résonnait sous les pas, et l'on pensait, sans que jamais personne eût osé vérifier le fait, qu'il y avait, au-dessous de cette salle, une façon de souterrain qui conduisait jusqu'aux bords du Rhône.

Ce fut donc, faute de mieux, dans cette tour que fut conduit l'infortuné M. Adrien Crikelimk, après son incompréhensible arrestation dans la villa de M. Javelin, dont il venait demander la fille en mariage, sous les auspices de l'excellente Mme Coralie Lambrusque, de La Coucourde.

Solidement harponné par le père Baguette, protégé par la gendarmerie de Pierrelatte contre l'animosité de la foule, qui ne parlait de rien moins que de le « cabusser » dans le Rhône, M. Adrien avait ainsi traversé tout le village protestant de son innocence, hurlant bien haut son état civil, expliquant comment il se trouvait dans un costume aussi étrange pour un monsieur qui vient faire une demande en mariage et jurant même que cela ne se passerait pas comme cela et que l'on entendrait parler de lui. Toutes paroles, plaintes, explications ou menaces qui se brisèrent contre l'incrédulité de l'autorité, persuadée qu'elle tenait enfin le malfaiteur dont on parlait depuis si longtemps et qui terrorisait la contrée de ses brigandages.

Enfin, on parvint sans encombre à la tour, l'appariteur de la mairie en était allé en hâte chercher la clef et avait déjà aménagé le local en vue de sa destination, c'est-à-dire qu'il l'avait congrûment pourvu d'une vieille chaise en bois, d'une cruche d'eau et d'une miche de pain rassis. Le père Baguette, tout rayonnant d'un pareil exploit, qui allait sûrement lui valoir le Mérite agricole, qu'il ambitionnait depuis si longtemps, poussa le prisonnier dans la salle, referma la porte sur lui, non sans avoir crié :

— A six heures, on vous conduira à Montélimar pour être interrogé par le juge d'instruction.

Puis il était sorti, acclamé par la foule qui se retira bruyamment en commentant ce sensationnel événement, et, en compagnie des gendarmes, il s'en vint au café des Platanes boire une canette qu'en vérité il avait bien gagnée, en attendant d'aller faire son rapport au maire.

Le prisonnier se trouva seul dans la tour.

A dire vrai, il fut un long temps avant de pouvoir reprendre ses esprits. Ce qui lui arrivait était si extraordinaire.

Enfin, voilà un jeune homme qui part le matin de Montélimar pour s'en venir à quatre petites lieues demander une jeune fille en mariage et qui tout à coup, sans savoir pourquoi ni comment, se trouve enfermé dans une vieille tour, accusé de je ne sais quel crime, et que, dans quatre ou cinq heures, on allait conduire, menottes aux poings, devant le juge d'instruction du chef-lieu d'arrondissement.

— C'est ma faute, commença-t-il à gronder. Si je n'étais pas aussi distrait !

Il est de fait que si M. Adrien Crikelimk n'eût été victime de ses coutumières distractions, qu'en descendant du train il eût donné l'ordre de porter sa valise à l'hôtel et son bouquet chez M. Javelin, rien ne lui fût advenu.

Ayant trouvé, à l'hôtel, dans sa valise, son magnifique complet redingote, il l'eût revêtu tranquillement, n'eût pas eu besoin de se dissimuler pour pénétrer chez M. Javelin et par conséquent, n'eût pas reçu sur le chef ce pot de peinture qui, le forçant à monter dans la chambre de la bonne...

— Mais comment a-t-on pu me voler mes vêtements et les remplacer par ces loques ?

Il était de toute évidence que ce cambrioleur, le cambrioleur pour qui on l'avait pris, était la cause de cette mutation. Tandis que, revêtu de ses vêtements, le pauvre M. Adrien était arrêté et emprisonné, ce bandit, sans aucun doute, se pavanait, déguisé en gentleman, dans la superbe redingote destinée à éblouir M. Javelin.

Ainsi M. Adrien Crikelimk s'expliquait tous ses malheurs, bien que quelques points lui parussent encore obscurs, à savoir pourquoi la bonne ne l'avait point voulu reconnaître et comment M. Javelin, qui attendait un fiancé, averti par Mme Coralie Lambrusque, et que, par ailleurs, la bonne devait avoir mis au courant, ne s'était pas opposé à son arrestation.

— Bah ! tout cela s'expliquera, se dit M. Adrien Crikelimk. D'un moment à l'autre, l'erreur commise sur ma personne sera reconnue, ce terrible garde champêtre viendra me délivrer avec des excuses, et, au surplus, en mettant les choses au pire, j'aurai vite fait de me disculper à Montélimar, et de me faire connaître. Ce n'est, en somme, qu'un mauvais moment à passer.

Au demeurant même, il eût préféré cette seconde combinaison, car il lui déplaisait que M. Javelin et surtout Mlle Noémie, sa fille, fussent mis au courant de ses malheurs. Il trouvait préférable qu'ils ignorassent qu'il s'était trouvé dans leur villa, qu'il y avait été arrêté, par crainte du ridicule que cela pouvait jeter sur sa personne.

Car, à tout prendre, qui sait si Mlle Noémie Javelin consentirait à devenir la femme d'un bonhomme qu'elle aurait su se trouver en si vilaine posture, arrêté, même à tort, et conduit en prison au milieu de l'indignation, des hurlements et des menaces de ses compatriotes ?

C'est que M. Adrien Crikelimk tenait à se marier avec Mlle Noémie Javelin, et il avait pour cela six cent mille raisons aussi bonnes les unes que les autres.

M. Adrien Crikelimk était né à Bruxelles, en Brabant, rue de la Montagne-aux-Herbes-Potagères, où son honorable père tenait un petit débit de boissons et distribuait le « faro » et la « gueuze-lambic » à ses concitoyens assoiffés. Inutile de dire que le père Crikelimk rêvait des plus hautes destinées pour son fils unique et que, l'ayant fait soigneusement instruire, il l'avait envoyé à Paris, *pour une fois, seyes tu,* afin qu'il y fit son chemin dans la banque, pour laquelle le jeune Crikelimk se sentait une irrésistible vocation.

Grâce à de hautes protections qui ne manquent jamais en France à un Belge, car nul n'ignore que Paris est depuis longtemps comme une banlieue du boulevard Anspach, le jeune Adrien était rapidement entré dans la banque des Comptes Courants où il s'était fait remarquer par son travail, son application et son entente des affaires.

Chose étrange, ce garçon, si distrait dans la vie courante, était capable d'une attention extraordinaire dès qu'il s'agissait de chiffres et d'agio; aussi était-il fort considéré par ses chefs et le plus brillant avenir s'ouvrait devant lui, quand il fit la connaissance, inopinée autant qu'imprévue, de Mme Coralie Lambrusque, sœur de l'honorabe M. Javelin dans les circonstances que je vais avoir l'honneur de vous rapporter.

Mme Coralie Lambrusque, il est bon de le dire, était une personne volumineuse, bruyante et exaltée, dont l'imagination toujours en éveil se plaisait à romantiser l'existence et à grossir démesurément les moindres faits qui lui advenaient, ou dont elle était témoin.

Veuve de Jérôme Lambrusque, avoué à Montélimar, qui lui avait laissé, à défaut d'enfants, une fortune assez rondelette, elle s'était retirée à La Coucourde, pays natal de son mari, dans une fort belle propriété, entre le Rhône et le chemin de fer, et que vous avez sûrement dû remarquer, si vous avez passé par là.

Elle vivait là, fort paisiblement, en apparence, dorlotée par un ménage de vieux serviteurs, de ces vieux serviteurs comme on n'en trouve plus qu'à La Coucourde ou dans les romans, et dont elle reconnaissait les bons et loyaux services en les tourmentant du matin au soir des débauches de son imagination méridionale, qui lui faisait, comme nous l'avons dit, exagérer les faits les plus futiles.

Une fois l'an, sous prétexte de renouveler ses toilettes et parce que, disait-elle, on ne peut vivre comme un ours, toujours enfermée dans sa maison de La Coucourde, Mme Coralie Lambrusque venait passer un petit mois à Paris, chez des cousins de son défunt mari, avec qui elle était demeurée en excellents termes.

Les Géminois étaient des bourgeois fort paisibles qui habitaient la plus tranquille des petites rues de ce quartier si tranquille que l'on nomme les Batignolles et, durant le petit mois que Mme Coralie Lambrusque demeurait chez eux, il leur semblait soudain que toute une invasion de Provençales avaient fait irruption dans leur appartement, tant cette excellente Mme Lambrusque était agitée, bavarde, remuante et fertile en propos désordonnés.

Il ne se passait point de jours qu'elle ne mît ces pauvres Géminois sens dessus dessous par le récit des mémorables aventures qui lui étaient advenues, au cours de ses promenades dans les rues de la capitale.

Un jour, c'était un apache qui l'avait suivie dans le but évident de l'assassiner; une autre fois, elle avait giflé un grossier gentleman qui, dans l'omnibus, l'avait regardée de trop près: ou bien encore c'étaient des histoires tragiques avec des employés de magasin ou de métro, qu'elle mélodramatisait dans ses récits, terrorisans ses pauvres cousins, qui ne pouvaient se douter que toutes ces aventures ne s'étaient passées, somme toute, que dans l'esprit bouillonnant de l'excellente femme et craignant toujours que sa présence chez eux ne les compromît irrémédiablement et ne les entraînât dans quelque scandale, dont ils ne pourraient se tirer sans ennui.

Or, un soir, comme les Géminois se lamentaient sur le retard de Mme Lambrusque et se demandaient anxieusement si, cette fois, il ne lui serait point arrivé quelque irréparable catastrophe, tout à coup, elle fit irruption dans la salle à manger, où le potage refroidissait, et, tombant sur un siège :

— Ah ! mes pauvres amis !... Je l'ai échappé belle et vous avez bien failli ne plus me revoir !

A cet exorde, les Géminois se prirent à frémir.

Mme Lambrusque continua :

— Sans un courageux jeune homme qui s'est précipité à mon secours, d'ailleurs au péril de sa vie, j'étais immanquablement écrasée par un autobus !

Et avec un luxe de détails qui aurait fait la fortune d'un romancier-feuilletoniste, elle narra par le menu l'accident dont elle avait failli être victime.

Elle remontait tranquillement la rue d'Amsterdam, lorsque, à la hauteur de la rue de Milan, elle avait voulu traverser pour admirer des chemisettes noires exposées à la vitrine d'une lingère. Elle n'avait pas vu qu'un autobus arrivait à une vitesse exagérée, et elle allait rouler sous les roues de la lourde voiture, quand un jeune homme, un valeureux jeune homme, certes, l'avait, d'une poussée formidable, projetée sur l'autre trottoir où, à la vérité, elle s'était étalée de tout son long. Heureusement elle n'avait pas eu de mal, ce qui n'empêchait que sans ce jeune homme, c'en était fait d'elle : jamais elle n'aurait revu ses cousins Géminois ni sa maison de La Coucourde. Ah ! le brave garçon !...

Et elle conclut :

— D'ailleurs, je lui ai donné votre adresse et un de ces soirs, avant mon départ, il m'a promis de venir ici prendre une tasse de thé avec nous.

Et le lendemain, en effet, le valeureux jeune homme était venu chez les Géminois.

Inutile de vous dire que le valeureux jeune homme n'était autre que notre ami Adrien Crikelimk.

A la vérité, son acte de courage était moins noble que Mme Lambrusque le clamait, et c'était bien par un effet de pur hasard que le jeune Adrien avait arraché Mme Lambrusque à la roue meurtrière d'un autobus, si tant il fût que cette roue-là eût véritablement de mauvaises dispositions à l'endroit de la bonne dame de La Coucourde.

Le jeune Adrien descendait hâtivement la rue d'Amsterdam, en songeant à toute autre chose, suivant sa noble habitude, et, en voulant traverser la chaussée, il s'était cogné fort irrespectueusement contre une grosse dame qu'il avait fait choir sur le trottoir.

Il s'était précipité pour la relever et s'excuser humblement auprès d'elle, mais quelle n'avait pas été sa stupéfaction de voir la grosse dame lui sauter au cou en l'appelant son sauveur. M. Adrien était trop bien élevé pour la contredire, et, du même coup, il avait dû subir la discrète ovation que la foule avait faite à son dévouement, en même temps que les félicitations d'un agent qui avait pris ses nom et prénoms pour en faire l'objet d'un rapport auprès de ses chefs.

Entraîné sur cette pente, le jeune Adrien n'avait pu refuser la tasse de thé offerte par la grosse dame qu'il avait sauvée, et il arrivait chez les Géminois qui lui firent un accueil chaleureux, mais moins bruyant toutefois que celui de l'excellente Mme Lambrusque.

On avait causé; M. Adrien avait dit sa vie, sa position, ses rêves, ses ambitions. Quand Mme Lambrusque avait déclaré qu'elle était de La

Coucourde, près Montélimar, le jeune M. Adrien s'était extasié :

— Par exemple !... En voilà une rencontre !

— Vous connaissez La Coucourde ?

— Non, mais je pense être bientôt nommé directeur de l'agence que la Société des Comptes Courants va établir à Montélimar.

— Vrai ?... Ah ! mais c'est le ciel qui vous a mis sur mon chemin ! Mais vous viendrez me voir souvent à La Coucourde ! Mais je vous présenterai à mon frère qui habite Donzère et à ma nièce !

Et tout à coup :

— Mais, au fait, vous n'êtes pas marié ?

— Hélas ! non, madame !

— Alors, vous épouserez ma nièce.

— Madame...

— Pas un mot de plus. Ma nièce est une personne accomplie. C'est moi qui l'ai élevée et elle a trois cent mille francs de dot, et quand je mourrai, comme elle est ma seule héritière, elle en aura tout autant... pour le moins.

Et le jeune Adrien avait été convaincu.

Et voilà comment, à peine installé à Montélimar, il avait fait une visite à Mme Lambrusque, à La Coucourde, comment elle avait écrit à son frère, comment le jeune homme se trouvait à Donzère et comment, à cette heure, il gémissait sur les dalles de la prison de ce petit village dauphinois.

Et l'on comprendra maintenant qu'en l'espoir des trois cent mille francs comptant de Mlle Noémie, sans parler des trois cent mille à venir à la mort de la tante, il ne tint pas à paraître en mauvaise posture à ses yeux et que tout lui parût préférable, plutôt que de se présenter à elle dans le costume d'apache qui le vêtait.

Donc, il prenait son sort en patience; puisqu'on allait le conduire à Montélimar, il aurait vite fait de s'expliquer et de se faire reconnaître par le juge d'instruction, et il en serait quitte pour revenir à Donzère, d'une façon un peu moins bruyante, après avoir expliqué sa mésaventure à la bonne Mme Lambrusque.

Il en était là de ses songeries quand, tout à coup, il entendit le grincement d'une clef dans la serrure de la porte de sa prison. Qu'était cela ? Venait-on le délivrer ? Le garde champêtre avait-il reconnu son erreur ou bien M. Javelin lui-même...

Mais la porte s'ouvrit et deux hommes pénétrèrent dans la tour, coiffés de casquettes défraîchies, guêtrés de vieux cuir et tout revêtus de longues blouses bleues qui leur tombaient presque jusqu'aux talons.

Etait-ce là les guichetiers de la geôle municipale ? A la vérité, ces geôliers avaient bien plutôt l'air de deux bandits de grand chemin.

Mais la surprise de M. Adrien, en voyant pénétrer dans sa prison deux hommes d'aussi mauvaise mine, fut moindre, assurément, que celle que manifestèrent les deux hommes en apercevant quelqu'un dans la vieille tour, qu'ils supposaient vide, certainement.

Ils s'arrêtèrent sur le seuil comme médusés, et, considérant curieusement M. Adrien, ils s'exclamèrent :

— Qu'est-ce qu'il vient fiche ici celui-là ?

Certes, cette surprise était pour étonner le jeune Adrien, qui fut sur le point de répondre :

— Croyez bien, messieurs, que si je suis en prison, ce n'est point pour mon plaisir.

Mais il n'eut point le temps de répondre ainsi, car, ayant fermé la porte derrière eux, les deux hommes s'approchèrent du prisonnier et, avec des mines farouches et sur un ton dégagé de toute courtoisie :

— Eh bien, nous diras-tu ce que tu fais dans la tour ? Si c'est pour nous moucharder, il faut le dire !

M. Adrien eut peur, il recula, et comme les deux hommes s'avançaient vers lui, dans des intentions évidemment menaçantes :

— Messieurs, messieurs, voyons, implora-t-il; vous n'allez pas me faire un mauvais parti parce que je me trouve dans cette tour où j'ai été conduit indûment par un garde champêtre imbécile et...

Mais, à ces mots, les deux hommes se tordirent sous les spasmes d'un de ces rires que les poètes assurent être l'exclusivité des seules divinités. Et, au milieu de leur bruyante hilarité, se tapant les cuisses de fortes tapes, ils murmuraient, les yeux pleins de douces larmes :

— C'est un prisonnier !... Ah ! elle est bonne... elle est bonne ! Cet idiot de père Baguette a enfermé un prisonnier dans la tour !

Puis, quand leur gaieté fut un peu calmée, le plus vieux des deux, familier et soudain affectueux :

— Alors... tu es un frère !

— Un frère ! s'indigna M. Adrien.

— Tu n'es pourtant pas dans les « broquettes » comme nous, hein ? Il faudrait pas venir surprendre nos secrets de fabrication. Pas de concurrence, sans ça !...

— Tu ne vois pas, assura le plus jeune, que monsieur est un trimardeur chopé en train de voler des poules.

— Enfin, quoi, tu es un copain !

Adrien, éperdu, regardait tour à tour les deux hommes, ne comprenant rien à leurs discours et se demandant même comment ils pouvaient se trouver là, dans cette tour servant de prison à la petite ville de Donzère.

Enfin il dit :

— Messieurs, vous vous méprenez. Je ne suis point ce que vous croyez. J'ai été arrêté injustement, pris, si j'ai bien compris pour un dévaliseur de villas...

Mais, du coup, les deux hommes devinrent graves et le plus vieux, se découvrant :

— Mazette ! C'est toi celui que l'on recherche depuis quelque temps. Fichtre ! Enchanté de te connaître. Alors, tu t'es laissé mettre le grapin sur l'épaule ? Eh bien, c'est encore heureux que nous nous trouvions là !

— Je vous assure...

— Bon ! Chacun a ses affaires. Tu veux garder ton petit secret, libre à toi. D'ailleurs, tu ne nous connais pas. Eh bien, sache que, Isidore et moi, le Grelé, nous sommes fabricants d'allumettes de contrebande. Que veux-tu, il n'est pas donné à tout le monde de cambrioler les villas : chacun son métier et ses aptitudes. Nous nous contentons de la contrebande. Et c'est ici qu'est notre usine. Cette vieille tour, où jamais l'on enferme aucun prisonnier, ne pouvait mieux faire notre affaire puisque c'est une prison. Tu comprends que ce n'est pas ici, dans ce monument municipal, que la régie viendrait nous chercher. Aussi y sommes-nous bien tranquilles. Nos ateliers sont au sous-sol et l'on y pénètre en soulevant une dalle connue de nous seuls. Quant à nos entrepôts, ils sont là-haut, au second. Aussi, tu comprends si nous avons été étonnés quand nous t'avons trouvé dans notre domaine.

— On t'a pris pour un rat-de-cave!

— Et maintenant, comme entre amis il faut se rendre service, ne te gêne pas, la porte est ouverte, profites-en. Je ne serais pas fâché de voir la tête que fera le père Baguette, quand il trouvera la cave vide et son moineau envolé. Qu'en penses-tu, copain?

M. Adrien en pensait que c'était là une bonne aubaine, puisqu'on l'avait pris pour un cambrioleur et qu'on l'avait emprisonné, il n'y avait pas de mal à continuer à tenir ce rôle pour prendre la clef des champs.

— Vous êtes bien gentils, assura-t-il, et je vais profiter de votre bon conseil.

— A la revoyure!

— Certes!

— Quand tu voudras nous dire un petit bonjour, tu n'as qu'à venir, les jours de foire et de marché, à la taverne Lyonnaise, dans le faubourg Saint-James, à Montélimar. Tu nous y trouveras en compagnie de joyeux lurons, comme toi!

— Je n'y manquerai pas, assura M. Adrien.

Et après avoir serré les mains de ces deux braves garçons, M. Adrien prit la clef des champs et s'enfuit à travers la garigue.

X

FUNESTES SUITES DE L'ERREUR DE M. JAVELIN

Quand le père Baguette eut ouvert la porte de la vieille tour et constaté que le prisonnier, qu'il y avait enfermé quelques heures auparavant, n'y était plus, il en demeura une minute comme foudroyé de stupéfaction.

M. Javelin et Léonard, d'ailleurs, ne furent pas moins étonnés que lui.

— Il s'est évadé! fit M. Javelin, désespéré.

— Mais comment? se désola le malheureux père Baguette.

—Peut-être, observa Léonard, non moins affligé de cette disparition, aviez-vous oublié de refermer la porte?

Mais le père Baguette le prit de haut :

— Jeune homme, je connais mes devoirs!

— Pourtant... voyons... si la porte était bien verrouillée, à moins que ce jeune homme n'eût des ailes, il me semble bien improbable qu'il ait pu prendre la fuite par ces minces meurtrières, que j'aperçois là-haut. C'est à peine si elles eussent pu livrer passage à un corps d'enfant, et encore faudrait-il pouvoir y atteindre.

Le pauvre père Baguette contemplait tour à tour la porte, les meurtrières, le plafond et le sol. Mais nulle fissure n'apparaissait pouvant livrer passage à un homme adulte.

Finalement, il hocha la tête, laissa tomber ses bras, et formula :

— C'est de la magie!

Puis soudain consolé :

— Après tout, ça n'a aucune importance, et l'honneur de la police est sauf, puisque c'était un innocent!

Mais Léonard s'indigna :

— Dites donc, et mon billet de loterie qui vient de gagner le gros lot de cinq cent mille francs!

Et M. Javelin :

— Mon Dieu... mon Dieu!... Que va dire ma sœur Coralie?

Philosophe, le père Baguette verrouilla la porte de la prison, et, ayant salué M. Javelin et Léonard, il redescendit vers Donzère, pour rendre compte à M. le Maire de cette nouvelle aventure. Mais il avait l'âme quiète, et songeait que tout était pour le mieux, puisque le prisonnier avait pris la clef des champs. Sans doute ne reviendrait-il pas pour exiger des excuses, et cette affaire était classée.

Debout au pied de la tour, M. Javelin et Léonard Margoulat ne prenaient pas la situation avec la même gaieté de cœur.

Léonard songeait :

— Où diable vais-je pêcher ce bonhomme, maintenant? Et s'il a fouillé dans les poches de mes vêtements et qu'il ait trouvé le billet de loterie, qui sait s'il n'en a pas fait un mauvais usage! Tout cela n'est point gai, d'autant plus qu'à cette heure tout Donzère doit savoir que Léonard est dans ses murs, et mes créanciers vont commencer sûrement à s'assembler pour me donner la chasse. Encore, si j'avais seulement retrouvé mon stradivarius! Ah! j'ai eu une fameuse idée de revenir dans ce fichu pays!

Et M. Javelin, les yeux baissés vers le sol, se disait :

— Je connais Coralie. Elle a un satané caractère et va être furieuse quand elle va savoir que son protégé a été arrêté dans ma maison. Sûrement, elle va déshériter Noémie. Au fond, Noémie est assez riche pour pouvoir se passer de l'héritage de sa tante. Mais si Coralie se désintéresse d'elle, qui donc s'occupera de la marier? Vilaine histoire, et ce Léonard de malheur aurait mieux fait de rester chez lui. Décidément, je n'ai jamais eu de chance avec cette famille Touffe!

Juste à ce moment Léonard venait d'avoir une idée qu'il n'hésitait pas à qualifier de lumineuse.

Léonard, élevé à la rude école de l'adversité, était un garçon plein de sens et que la mauvaise fortune ne surprenait jamais sans vert.

Débrouillard en diable, les coups du sort ne faisaient que fouetter son imagination, et il trouvai toujours le moyen de sortir des passes les plus périlleuses.

— Voyons ? demanda-t-il à M. Javelin. Il ne s'agit pas de se désoler, ni de se regarder tous deux en chiens de faïence. Ce qui est fait est fait, et ni vous ni moi n'y pouvons rien. Le mieux est de réparer le malheur et de courir au plus pressé. Et le plus pressé pour nous deux est, assurément, de retrouver ce jeune homme. Ce doit être facile, car, en se tirant, du diable si je sais comme, de cette prison, il a dû, en hâte, rentrer chez lui. Allons donc l'y rejoindre. Connaissez-vous son adresse ?

— Non, avoua piteusement M. Javelin.

— Comment, vous ne connaissez pas... ?

— Vous le savez mieux que personne, puisque, rappelez-vous, je vous ai demandé votre nom.

— Il ne s'agit pas de mon nom mais du sien.

— A ce moment, gémit M. Javelin, pour moi, vous, c'était lui.

— C'est vrai, avoua Léonard.

Puis :

— Tout de même, cette Coralie...

— Ma sœur, mossieu ! s'indigna M. Javelin.

— Bon, Mlle Coralie...

— Mme Lambrusque, s'il vous plaît !

— Je veux bien. Donc, Mme Lambrusque, elle, doit savoir l'adresse de ce jeune homme ?

— Dame.

— Il s'agit donc d'aller la lui demander, si Mme Lambrusque n'habite pas trop loin.

— A la Coucourde.

— C'est à une demi-heure de chemin de fer : il y a du bon !

Mais M. Javelin se gratta l'oreille.

— C'est que, fit-il, j'aurais préféré ne pas mettre ma sœur dans la confidence de toute cette affaire.

— Rien ne vous y force. Vous allez chez elle, prétextant ce que vous voudrez, et c'est à vous, à votre habileté, de vous faire donner, sans en avoir l'air, le renseignement dont nous avons besoin.

Tout en causant ainsi, M. Javelin et Léonard étaient descendus par les rues tortueuses de la vieille ville jusqu'au foirail, toujours plein de Donzérois commentant l'événement qui venait de se produire, dont Baguette avait déjà révélé les détails sensationnels.

Et la foule, curieuse, examinait les deux hommes, surtout Léonard, qui devenait le héros du jour.

Des propos s'échangeaient.

— Je ne l'aurais pas reconnu.

— Comme il a une belle barbe !

— Il a tout de même « forci ».

— On dit qu'il a fait fortune à Paris, et qu'il revient pour payer toutes ses dettes.

— Demain, la moitié de Donzère illuminera.

Léonard entendit quelques-uns de ces bienveillants propos, mais c'était un garçon modeste qui ne tenait pas à l'attention des foules; il avait peur de reconnaître, parmi tous ces gens, la figure rébarbative de quelque créancier, et il dit à M. Javelin :

— Il est trois heures; il y a un train dans une petite heure; nous n'allons pas l'attendre en plein air ? Je boirais bien un verre de bière dans un endroit retiré, et vous ?

— Moi ?

— Car vous allez partir, n'est-ce pas, pour aller demander l'adresse de ce jeune homme à Mme Lambrusque ?

M. Javelin soupira :

— Ah ! jeune homme ! jeune homme ! dans quelle critique situation vous me mettez !

— Que voulez-vous, fit Léonard. Si vous croyez qu'elle est drôle, la mienne, de situation ! Quand je pense que j'ai un billet de loterie, représentant cinq cent mille francs, qui se promène dans les poches d'un veston, sur le dos d'un homme que je ne sais plus où trouver !

— C'est votre faute ! Si vous n'aviez pas emprunté la redingote du fiancé envoyé par tante Coralie.

Léonard leva les bras au ciel :

— Si on avait la faculté de prévoir l'avenir, jamais rien n'arriverait. Soyez persuadé, cher monsieur Javelin, que si j'avais su que j'avais dans ma poche un billet de cinq cent mille francs, je n'aurais pas sauté dans votre jardin, pour fuir le garde champêtre que je croyais lancé à mes trousses par la bande hurlante de tous mes créanciers !

M. Javelin ne trouva rien à répondre. Mais comme ils arrivaient au croisement du chemin de la gare et de celui de la chocolaterie, il dit :

— Allez m'attendre dans ce petit café, en face de la station. Je vais avertir ma fille de ce qui se passe, et dans dix minues je vous rejoins.

Léonard alla s'enfermer au plus sombre du petit café de la station, afin de fuir les curiosités intéressées des Donzérois, tandis que M. Javelin poursuivait sa route jusque chez lui, l'esprit chaviré par tout ce qui lui advenait.

Le malheureux !

Encore n'était-il pas au bout de ses peines.

Dans la villa, Mlle Noémie attendait avec impatience le retour de son père.

Elle ne savait trop que penser, fort inquiète de ce qui venait de se passer.

Après le départ subit et inexplicable de celui qu'elle croyait être le fiancé envoyé par tante Coralie, c'est elle qui avait prié M. Javelin de se mettre en quête du jeune homme.

M. Javelin, qui obéissait toujours aveuglément à sa fille, était parti; sur le foirail, on lui avait bien dit qu'un jeune homme, répondant au signalement qu'il donnait, était passé, il y avait quelques minutes, et qu'il s'était dirigé vers le café des Platanes où on lui avait assuré qu'il trouverait le père Baguette; au café des Platanes, on l'avait renvoyé chez M. Carsignol où il était arrivé pour apprendre que Léo des Troispoints n'était autre que Léonard Margoulat, neveu de Touffe.

Mais Mlle Noémie ignorait toutes ces choses; pour elle, le jeune homme brun était l'authentique fiancé envoyé par tante Coralie, et elle se perdait en conjectures, se demandant ce qui avait bien pu motiver ce départ imprévu.

Il avait bien été question de loterie, de billet gagnant le gros lot, d'un veston où se trouvait ce billet, mais tout cela apparaissait très confus à Mlle Noémie, et elle se demandait, anxieuse, si le jeune homme n'avait pas été subitement frappé d'aliénation mentale : la joie peut rendre fou, à ce que l'on prétend, et Mlle Javelin ne voulait douter que ce charmant jeune homme n'eût éprouvé une joie intense d'avoir fait sa connaissance.

Pour elle, elle en était toute ravie.

Ce M. de Troispoints répondait si bien à l'idéal qu'elle s'était tracé du fiancé depuis longtemps rêvé. Il était brun, et elle s'était jurée à elle-même que jamais elle ne serait la femme d'un blond ou même d'un châtain. Et puis, il était joli garçon, spirituel, gai, bien élevé, brochant sur le tout, noble, ce qui était le comble.

Mais cette particule, elle l'acceptait par-dessus le marché, car eût-il été roturier et son nom eût-il été le plus commun du monde, quand bien même elle se fût sentie toute heureuse de l'épouser.

Oui, Mlle Noémie Javelin nageait dans la plus pure des joies, et du fond du cœur, elle remerciait sa bonne tante Coralie qui l'avait servie si bien suivant ses goûts.

Mais est-ce que, au moment où tous ses vœux les plus secrets se réalisaient, ce fiancé idéal allait être soudainement frappé d'aliénation mentale ?

Non ! ce n'était pas possible.

Elle ne pouvait trouver d'explications plausibles à la fuite de cet adorable M. de Troispoints, mais elle était sûre qu'il n'y avait là rien de grave, et que son père allait revenir tout à l'heure, ramenant le jeune homme, et qu'elle serait la première à rire de ss craintes, assurément sans fondement, et qu'elle se garderait bien d'ailleurs d'avouer.

Cependant M. Javelin tardait bien à venir.

Elle n'osait envoyer Phémie aux renseignements.

Phémie, d'ailleurs, depuis son aventure d'après déjeuner, se terrait dans sa cuisine, boudant, et de fort méchante humeur. Elle-même serait bien allée aux nouvelles. Mais cela était-il bien convenable ! Mieux valait attendre son père, qui ne saurait tarder, et, en attendant, impatiente et nerveuse, Mlle Noémie se rongeait les ongles, ne trouvant mieux à faire.

Enfin, elle entendit un bruit de pas sur le chemin de la chocolaterie et reconnut l'allure paternelle.

En effet, la porte du jardin grinça sur ses gonds, et M. Javelin traversa le jardin.

Mlle Noémie était sur un banc, à l'abri d'un massif de thuyas.

Elle se leva et courut vers son père, puis, soudain déçue :

— Comment... Tu es seul, tu reviens seul petit père ?...

— Avec qui veux-tu que je sois ? grommela M. Javelin.

— Mais...

Elle baissa les yeux, tortilla une seconde le coin de son tablier, puis, résolue :

— Mais avec M. de Troispoints !

— M. de Troispoints ! s'exclama M. Javelin, en levant les bras au ciel, M. de Troispoints ! D'abord, il n'y a pas de M. de Troispoints ?

— Qu'est-ce que tu dis ?

Et Noémie regarda son père, se demandant si un vent de folie ne soufflait pas sur Donzère, ce jour-là.

— Je dis la vérité, répondit M. Javelin en se laissant tomber lourdement sur le banc.

— Mais ce jeune homme :

— Ce jeune homme ?

— Oui ! Là... tout à l'heure... tu ne te souviens plus ?...

— Ce jeune homme n'est pas M. de Troispoints, fillette !

— Ah !

— Ce jeune homme est M. Léonard Margoulat !

Mlle Noémie répéta :

— Margoulat ?

Et elle eut une moue. Puis :

— Ce n'est pas aussi joli que Troispoints ! Non ! Mais enfin, Margoulat ou autrement, il est très bien, ce jeune homme !

— Hein ! bondit M. Javelin.

Noémie eut peur.

— Quoi ? Tu est indisposé ?

— Non ! Mais tu as le cœur de trouver ce jeune homme bien !

— Mais, oui, petite père ! D'abord il est brun. Et puis, toi-même, tout à l'heure...

— Tout à l'heure... tout à l'heure... je croyais qu'il s'appelait de Troispoints !

— Oh ! papa, est-ce que attacherais une importence au prestige d'un nom ?

— Mais enfin, ma fille...

— Il n'y a pas d'enfin, assura Noémie. D'ailleurs, qu'importe, il nous est envoyé par tante Coralie, et tu ne feras pas à tante Coralie l'injure...

— Mais malheureuse ! se lamenta M. Javelin. Il ne nous est pas envoyé du tout par tante Coralie ! Ce n'est pas lui le fiancé ! C'est un autre qu'on a arrêté, emprisonné et qui s'est échappé et qui est maintenant Dieu sait où !

— Petit père !...

— Et ce Léonard Margoulat... sais-tu qui est ce Léonard Margoulat ? Un mauvais sujet, un musicien, un bohème ! Le neveu de Touffe, quoi !

Et M. Javelin s'effondra sur son banc, écrasé lui-même par le poids de cette révélation.

Noémie considéra son père.

Evidemment ses discours sentaient le détraquement. Qu'est-ce que c'était que cette histoire ? Pourtant...

Elle eut peur de connaître à fond la vérité.

— Voyons, petit père, voyons... Tu m'affoles... Ce que tu dis-là, ce n'est pas possible !...

— Je ne sais pas si c'est possible, mais c'est vrai. Ce jeune homme, que nous avons si imprudememnt reçu, que nous avons pris pour le fiancé envoyé par tante Coralie est Léonard Margoulat, neveu de mon ex-ami Touffe. Comprends-tu ? Et l'autre, le vrai fiancé, celui que protège ta tante Coralie, celui qu'elle nous avait adressé en nous demandant de lui faire bon accueil et de l'inviter à déjeuner, eh bien, fifille, sous notre toit, il a été arrêté, emprisonné à la tour d'où il s'est enfui, je ne sais comme ! Hein ! Comprends-tu, fifille, toute l'étendue de notre infortune ?

Mlle Noémie secoua la tête; non, elle ne comprenait pas toute l'étendue de l'infortune que lui signalait son père, ou du moins, cette infortune, elle la voyait de toute autre façon, car, soudainement attristée, elle ne trouva que ces mots :

— Alors, ce jeune homme brun, ce n'était pas... ?

— Mais pas le moins du monde ! Il y a maldonne, comprends-tu ?

Alors Noémie baissa les yeux vers le sable des allées, et puis, ses yeux se remplirent de larmes, et elle tira un petit mouchoir de la poche de son tablier pour essuyer ses pleurs, et enfin de gros sanglots la secouèrent toute.

— Eh bien !... eh bien !... quoi... ? fit Javelin. Tu pleures ?

— J'ai du chagrin !...

— Dame ! C'est ennuyeux, ce jeune homme, que nous avons laissé arrêter sous notre toit, bravant toutes les lois de l'hospitalité, et tante Coralie ne sera pas contente. Aussi vais-je partir tout de suite par le premier train, pour découvrir l'adresse de ce pauvre jeune homme et lui faire toutes les excuses qu'il mérite. Allons, ne pleure plus ! Tout s'arrangera et tu l'épouseras, le fiancé protégé par tante Coralie !

Mais alors, au milieu de ses larmes et de ses sanglots, Mlle Noémie, d'une voix pitoyable, laissa tomber ces simples mots :

— Je m'en moque du fiancé de tante Coralie !

— Hein !

— Je ne l'aime pas !

— Dame ! Puisque tu ne le connais pas !

— Et c'est l'autre que j'aime, maintenant.

— Hein !

— Oui... je l'aime, là !

Du coup, M. Javelin se retrouva dressé auprès de sa fille.

— Tu l'aimes ?

— Oui !

— Ce Léonard ?

— Oui !

— Ce bohème ?

— Oui !

— Ce neveu de l'exécrable Touffe ?

— Oui ! Oui ! Oui !

Et M. Javelin laissa tomber vers le sol deux bras désespérés.

Celle-là dépassait tout ce qu'il était humainement possible de prévoir.

Il passa une main moite sur son front brûlant :

— Voyons... voyons... fifille...

Mais fifille secoua la tête, tapa du pied, et déclara :

— Est-ce que c'est ma faute, à moi ? Pourquoi m'as-tu dit que c'était là le protégé de tante Coralie ? Je l'aime, maintenant, et, comme je n'ai qu'un cœur, il me serait impossible d'en aimer un autre.

— *Oui... je l'aime, là !* (p. 37.)

— Mais malheureuse !...

— Oh ! oui, bien malheureuse !

— Mais il ne t'aime pas, lui !

— Qu'en sais-tu ?

— Dame ! fit M. Javelin désespéré; certainement, je n'en sais rien.

— Alors ?

— Mais tante Coralie ?

— Elle ne voudra pas me contrarier.

Une trompette retentit, proche : c'était le train de montée qui était annoncé.

Alors M. Javelin s'affola :

— Ecoute, fifille, je ne sais plus que faire, ni que dire. Voici qu'on annonce le train. L'autre m'attend. Il me faut partir. Ne pleure plus. Tout s'arrangera. Je vais voir tante Coralie. Je vais lui expliquer... Ah! Ce ne sera pas commode! Elle est têtue comme une vieille mule, Coralie! Et puis, l'autre, ce Léonard... qui sait s'il voudra...? Ah! Elle est jolie la situation où je me suis fourré! Enfin, sèche tes pleurs, tout s'arrangera, tout s'arrangera...

— Tout s'arrangera si j'épouse M. de Troispoints... M. Léonard veux-je dire.

— Oui... oui... c'est entendu... A ce soir... à ce soir... Et ne te fais pas de bile...

M. Javelin embrassa sa fille sur le front, et, tout courant pour ne pas manquer le train, fila vers la gare.

Mais, tout en courant, d'une voix essoufflée, il ne pouvait s'empêcher de s'écrier :

— Sapristi de sapristi de sapristoche!

Et il est évident que ces simples mots résumaient en ce moment toutes ses impressions.

XI

INCIDENTS DE ROUTE

Léonard, impatient et nerveux, l'attendait sur le seuil du petit café de la station.

En voyant arriver, tout soufflant, M. Javelin, il poussa un ouf de satisfaction et, allant vers lui :

— J'ai cru que vous alliez manquer de parole.

— Hé! fit M. Javelin.

Il était à bout de souffle et s'essuya le front d'où ruisselait la sueur.

— Nous n'avons que le temps : le train est signalé depuis trois bonnes minutes.

— Eh bien, courons, dépêchons-nous. Pourquoi m'arrêtez-vous là, sur le seuil de ce café?

— Pour payer le verre de bière que j'ai bu! s'exclama Léonard le plus naturellement du monde.

— Quoi?

— Dame! Je n'ai pas un sou, moi. J'ai laissé mon porte-monnaie dans la poche du vêtement qui court sur le dos, à cette heure, de votre futur gendre. Et, dans ces conditions...

M. Javelin n'eut même pas la force de s'étonner. Il tira de son gousset une pièce de cinquante centimes, la jeta sur une table et courut vers la gare, car le train arrivait.

Il se précipita vers le guichet.

— Prenez mon billet également, lui cria Léonard.

— A la fin...

— Bon... bon... Je vous remercierai plus tard et nous réglerons tout ensemble

M. Javelin prit deux secondes pour La Concourde, vola sur le quai et, suivi de Léonard, eut tout juste le temps de se hisser dans un compartiment au moment précis où le convoi se mettait en marche.

Le compartiment était vide.

Il se laissa tomber lourdement sur la banquette et, brisé par toutes ces émotions, une fois encore, exprima son état d'âme par ces mots :

— Sapristi de sapristi de sapristoche!

Avec un bruit de tonnerre, le train s'enfonça dans l'étroit défilé du Robinet, bordé d'un côté par des roches à pic et de l'autre par le Rhône tumultueux et clair.

Ils demeurèrent un bon moment sans se parler.

Puis Léonard gracieux :

— Vous ne fumez pas, monsieur Javelin?

— Non, repartit aigrement l'ancien commis voyageur.

— Tant pis.

Nouveau silence.

Mais M. Javelin eut sans doute un remords d'avoir répondu si sèchement à ce jeune homme, car il reprit :

— Je ne fume pas, mais la fumée ne m'incommode pas du tout, et si vous voulez faire une cigarette...

— Ce serait, certes, avec beaucoup de plaisir si j'avais du tabac.

— Mais alors, pourquoi me demandez-vous?...

— Parce que j'espérais que vous m'offririez un de ces excellents cigares dont j'ai déjà savouré, chez vous, un échantillon parfait.

— Je regrette, fit M. Javelin.

— Oh! cela ne fait rien. Au buffet de Montélimar, vous aurez la bonté de m'acheter un paquet de cigarettes, car, que voulez-vous, l'homme n'est pas parfait et je ne puis songer à rien quand je ne fume pas. Et à cette heure, j'ai besoin de toute mon intelligence.

M. Javelin laissa peser sur le jeune homme un regard chargé de haine. Mais il ne dit mot et se renfonça dans son coin les yeux perdus vers les eaux tourbillonnantes du fleuve.

Cependant Léonard n'avait point manqué de remarquer ce regard et il en avait compris toute l'éloquence.

Un sourire goguenard grimaça sur sa physionomie, puis :

— Avouez, mon cher monsieur Javelin, que, dans votre for intérieur, vous me vouez à tous les diables...

— Monsieur,...

— ... Et que si vous n'aviez pas besoin de moi...

— Moi!... s'exclama le bon M. Javelin. Moi! j'ai besoin de vous!

— Dame!

— Et en quoi, je vous prie, ai-je besoin de vous?

— Ne serait-ce que pour certifier la véracité de vos dires, tout à l'heure, auprès de Mme Lambrusque.

— Hé?...

— Je suis le témoin obligé de la cause, le témoin à décharge, pourrais-je dire, car pensez-vous que cette brave dame ajouterait foi à l'histoire extravagante que vous allez lui conter, pour vous disculper d'avoir fait un si piteux accueil à son protégé?

— Mais... cette histoire...

— Est fort extravagante, cher monsieur, ne vous le dissimulez point, car ce n'est pas tous les jours qu'un jeune homme qui arrive pour demander la main d'une demoiselle, envoyé par la tante d'icelle, comme disait mon pauvre oncle Touffe, au temps où il instrumentait comme huissier à Montélimar, est arrêté dans la maison du *de cujus* et remis entre les mains de la jolice !

M. Javelin était atterré : il avait raison, ce Léonard, et sans lui, sans sa présence, sans son attestation, jamais tante Coralie ne voudrait croire...

Et l'animosité qu'il nourrissait contre le jeune Léonard s'en accrut d'autant. Et, tout à coup, il songea :

— Et dire que cette petite dinde de Noémie est toquée de cet hurluberlu !

Mais il haussa les épaules :

— Bah ! Les jeunes filles... Dès qu'elle aura vu le véritable fiancé que lui destine Coralie, elle ne pensera plus à ce Margoulat. Mon Dieu ! mon Dieu ! pourvu qu'il ne soit pas blond, le fiancé que lui a choisi tante Coralie.

Mais on arriva à Montélimar; le train avait dix minutes d'arrêt.

— Vous offrirai-je un bock au buffet ? proposa aimablement Léonard.

— Avec mon argent ? ironisa férocement M. Javelin.

— Oh ! mais je vous rendrai tout cela. D'ailleurs, il faut absolument que j'achète un paquet de cigarettes.

M. Javelin ne répondit rien; il suivit le jeune homme au buffet, commanda deux bocks qui lui parurent plus amer que chicotin, paya un paquet de cigarettes et une boîte d'allumettes et pensa en lui-même :

— Toi... dès que tu auras certifié conforme le récit que je vais faire à Coralie, ce que je vais te dire adieu avec joie !

Mais Léonard était gai comme un pinson; il savoura la bière qu'il jugea exquise, alluma une cigarette et réintégra son compartiment en avouant à M. Javelin :

— Voyez-vous, cher monsieur, il n'est rien comme une bonne cigarette pour vous montrer tout de suite les choses sous leur véritable jour. En somme, la vie est bonne. Je n'irai point jusqu'à dire qu'elle soit exempte de petits ennuis. Mais la philosophie nous enseigne à les supporter gaillardement, car ils ne sauraient durer. Ainsi, regardez pour ce qui me touche : voici que j'ai gagné cinq cent mille francs ! Qui aurait jamais pu s'y attendre ? J'espérais tout de mon art et ne pensais devoir la fortune qu'à mon talent. Tout mon espoir était placé, à fonds perdus, dans le bon vouloir de l'Opéra-Comique. J'échafaudais des rêves pour le jour où l'on jouerait enfin ma partition, et ce n'était uniquement que pour être agréable à une petite buraliste des Batignolles que j'avais acquis, pour la modeste somme de dix fois dix décimes, ce billet de loterie, oublié depuis longtemps dans un coin de mon porte-monnaie. Et c'est justement ce petit chiffon de papier qui va me faire riche, indépendant et heureux...

— Oui... mais vous l'avez perdu, fit méchamment M. Javelin.

Léonard se renversa sur la banquette, lança au plafond du compartiment une bouffée de tabac et dit, désinvolte :

— Une chose n'est perdue que lorsque l'on ne sait pas où elle se trouve. Or, mon billet est dans un porte-monnaie de la poche intérieure d'un veston, actuellement sur le dos du protégé de Mme Lambrusque. Je suis bien tranquille. Ce jeune homme est assurément un homme d'honneur, sans cela il n'eût point capté la confiance de cette vénérable dame. Il ne voudra pas me frustrer de mon bien. Après les épreuves qu'il vient d'endurer, il aura l'âme bienveillante. Et puis, la joie d'épouser Mlle Noémie le rendra compatissant et généreux. Car c'est un heureux coquin, ce jeune homme, et ce n'est pas tous les jours que l'on rencontre une jeune personne aussi parfaite que l'est Mlle votre fille, dont les qualités morales et physiques se doublent, à ce que vous m'avez laissé comprendre, d'une dot fort confortable. Vous l'avouerais-je ? Quand je me suis trouvé installé dans vos lares, à la place de ce jeune homme inconnu, ce n'est pas le remords qui a envahi mon âme, mais le regret, oui, le cuisant regret de n'être qu'un obscur Margoulat que ne distingueront jamais les regards de quelque tante Coralie !

Il dit et lança vers le plafond une mélancolique bouffée de tabac.

Mais M. Javelin se stupéfia de ces discours :

— Qu'est-ce à dire, monsieur ?...

— Cela revient à dire, cher monsieur Javelin, que si, pour des raisons imprévues, la petite affaire en question ne réussissait point avec le jeune homme protégé par Mme Lambrusque, je me permettrai de vous demander la main de Mlle Noémie, votre fille.

Les yeux de M. Javelin se dilatèrent, sa bouche s'ouvrit en accent circonflexe; il demeura béant une seconde.

Enfin, il allait répondre quand le train ralentit et une voix enrouée, mais toute parfumée d'ail, cria :

— La Coucourde !

On était arrivé.

Légèrement, Léonard sauta sur le quai et tendit la main à M. Javelin en lui disant :

— Nous reprendrons cette conversation, cher monsieur. En attendant, qu'allons-nous faire ?

— Mais... je vais aller chez ma sœur.

— Et moi ?

— Vous ?

— Oui ! N'irai-je pas aussi ?

M. Javelin réfléchit :

— Non. Il vaut mieux que j'y aille le premier. Mais vous vous trouverez à proximité afin de pouvoir accourir au premier appel.

— Vous pouvez compter sur moi, cher monsieur.

Ils sortirent de la gare.

La Coucourde, je n'ai nullement l'intention de vous l'apprendre, est un tout petit village de rien du tout qui aligne ses deux douzaines de maisons en bordure de la grand'route. Quand ils eurent quitté la gare et se furent trouvés dans cette unique artère coucourdoise, ils tournèrent à gauche, car la villa de Mme Lambrusque se trouvait à environ douze cents mètres de là, entre la voie ferrée et le Rhône, comme j'ai déjà eu l'honneur de vous le dire, et pour y parvenir il fallait, au petit hameau dit le Logis-Neuf, passer sous le chemin de fer par un petit ponteau assez étroit et assez sombre, et immédiatement après, l'on se trouvait en face de la propriété de tante Coralie.

Aussi, quand ils furent parvenus au Logis-Neuf, M. Javelin, qui jusque-là avait cheminé sans mot dire, se retourna vers Léonard et lui indiquant une guinguette :

— Vous allez m'attendre ici.

— Bien !

— Vous pouvez vous faire servir une consommation à la terrasse de cette auberge et vous aurez soin de ne point perdre de vue cette maison que vous voyez devant vous, de l'autre côté de la voie.

— C'est la demeure de Mme Lambrusque ?

— En effet. La deuxième fenêtre à droite, que vous apercevez, est celle de son salon. C'est de là que, quand je sentirai le besoin de votre témoignage, j'agiterai mon mouchoir et vous n'aurez que ce petit pont à traverser.

— *All right !* répliqua Léonard, sans le moindre accent anglais, d'ailleurs.

M. Javelin disparut dans les ténèbres du ponteau, et, s'installant à une table en fer ornant la façade du cabaret du Logis-Neuf, Léonard se fit servir une absinthe, car il jugea, au soleil déclinant, qu'il était apéritif passé de quelques minutes.

La villa de Mme Lambrusque, qu'il apercevait au delà de la voie ferrée, avait l'air fort confortable. Elle émergeait d'un fouillis de branches et de verdure, et ses murs, de briques rouges, ses deux tours en poivrières et son toit en terrasse, à l'italienne, avaient fort bon air.

Léonard estima que cette excellente dame Lambrusque devait être une personne à son aise.

— Il ferait bon, soupira-t-il, devenir le neveu de cette tante-là ! Cette propriété est charmante, elle mitoyenne, d'ailleurs, le Rhône et le matin, en chemise de nuit, l'on doit pouvoir y taquiner l'alose. Mais quoi ! L'on ne peut avoir tous les bonheurs à la fois. Contentons-nous d'être un demi-millionnaire, grâce à ce billet de loterie, en la possession duquel je vais bientôt entrer, espérons-le, du moins.

Et à petits coups il lampa son absinthe, tout en fumant des cigarettes, l'œil fixé vers la deuxième fenêtre, en l'espoir d'y voir s'agiter le mouchoir de M. Javelin.

Cependant, le soleil, rouge de colère, venait d'être avalé par les montagnes du Vivarais et le ciel était tout ensanglanté de l'horreur de ce drame quotidien. Le jour baissait et Léonard songeait que si M. Javelin ne se pressait point d'agiter son mouchoir, bientôt il serait incapable de le distinguer dans le crépuscule qui s'obscurcissait rapidement.

Et, c'est à ce moment que son attention fut sollicitée par la vue d'une dame qui se hâtait, la mine décomposée par quelque tempête intérieure, courant de toute la vigueur de ses petites jambes, comme si elle fuyait un danger pressant.

En effet, à quinze mètres derrière elle, un homme la poursuivait.

— Tiens ! Un fait divers ! pensa Léonard.

L'homme passa devant lui. Et alors Léonard poussa un cri de surprise : il venait de reconnaître ses habits sur le dos de cet individu.

— Mon veston ! hurla-t-il.

Et, sans plus réfléchir, il courut sus au possesseur de ce veston qu'il rattrapa sous le ponteau du chemin de fer.

C'était le bon M. Adrien Crikelimk. Comment se trouvait-il à La Coucourde ? Nous allons avoir l'honneur de l'expliquer rapidement.

Lorsque, grâce aux fabricants d'allumettes de contrebande, Adrien s'était trouvé hors de la vieille tour donzéroise, il avait filé devant lui, au hasard, à travers champs, sans plus réfléchir, tout à la joie d'être libre et d'éviter la honte de repasser une fois de plus par les rues de Donzère, escorté de Baguette, des gendarmes et parmi la colère et les insultes de la foule.

Il avait couru par les garigues, dégringolant la pente roide d'un ravin, gravissant péniblement l'autre côté et, finalement, s'était trouvé au bord d'une route blanche, à la sortie d'un petit hameau et tout au sommet d'une colline assez élevée.

Le ruban de route dévalait devant lui et là bas, à deux petites lieues, il reconnut la silhouette des vieilles tours de Narbonne qui couronnent Montélimar, et il bénit les dieux qui l'avaient mis sur la bonne voie.

Alors, il s'assit sur le bord du fossé, à l'ombre d'un vieux chêne, pour réfléchir à sa situation et voir un peu ce qui lui restait à faire.

Tout d'abord gagner au plus vite Montélimar, afin de se débarrasser du costume compromettant qu'il portait, et revêtir un vêtement plus confortable.

Oui, mais à cela il y avait un cheveu, et un fameux cheveu même !

M. Adrien Crikelimk, nouveau venu à Montélimar, où il avait été envoyé par ses chefs pour diriger la succursale de la banque des Comptes Courants, n'avait pas encore eu le temps de s'installer et, en attendant, il était à l'hôtel. Cet hôtel était celui de la Poste qui est assurément le plus en vue de la ville nougatière. D'autre part, M. Adrien, comme vous avez dû vous en convaincre, était un jeune homme timide et pour rien au monde il n'eût voulu affronter les regards des patrons et valets de l'hôtel de la Poste en le costume et la tenue où il se trouvait.

Alors, comment faire ?

Il y avait bien une combinaison, c'était d'aller directement à La Coucourde, chez la bonne Mme Lambrusque à qui il confierait franchement la triste situation où il se trouvait à la suite de son invraisemblable aventure; Mme Lambrusque, âme pitoyable et reconnaissante, compatirait à son malheur et l'aiderait à se tirer d'affaire d'une façon honorable : elle enverrait son domestique à Montélimar, à l'hôtel de la Poste ! d'où il lui rapporterait des vêtements convenables.

C'était parfait ! Et il se réjouit de cette combinaison qu'il estima géniale quand une pensée, une petite pensée de rien du tout s'en vint démolir l'édifice vain de ce fragile château de cartes.

Et de l'argent pour se rendre à La Coucourde ? Car il n'avait pas un sou vaillant, et le chemin de fer ne lui délivrerait pas un billet sur sa bonne mine, hélas ! A moins que le propriétaire du complet, dans quoi il se prélassait, n'eût oublié sa fortune au fond de ses poches, ce qui était peu probable...

Instinctivement il se fouilla. Rien dans les poches du pantalon, rien non plus dans celles du veston, sinon quelques pincées de tabac.

Parbleu ! il fallait s'y attendre.

Alors il plongea les mains dans les poches intérieures...

Oh ! oh ! un porte-monnaie !... Vide, sans doute. Non... Le porte-monnaie contenait trois francs quinze sous plus un billet de la loterie des Vieillards tuberculeux, périmé sans aucun doute.

Sauvé !... M. Adrien était sauvé, car, grâce à ces quelques sous, il allait pouvoir prendre un billet pour La Coucourde.

A ce moment, une voiture parut sur la route.

C'était une de ces carrioles bâchées de toiles vertes qui servent aux marchands forains fréquentant les foires et les marchés du bas Dauphiné. Or, comme elle s'engageait dans la descente, le cheval, une vieille haridelle de couleur jaune paille, buta et tomba au milieu du chemin.

Un homme sauta de la voiture en jurant, essaya de relever sa bête, n'y put parvenir, puis jeta un regard autour de lui comme pour voir s'il n'y aurait là, par hasard, personne pour lui donner un coup de main. Et il aperçut M. Adrien assis au revers d'un fossé et il le héla:

— Hé, l'homme ! vous ne pourriez pas venir m'aider à relever mon cheval ?

— Volontiers, répondit M. Adrien qui accourut.

On déboucla les harnais, on releva la bête, on la rattela et le forain, alors :

— Est-ce que vous allez du côté de Montélimar ? Si oui, comme un service en vaut un autre, vous n'avez qu'à monter auprès de moi. Dans une demi-heure, nous serons arrivés.

M. Adrien ne se le fit pas dire deux fois, il grimpa sur le siège et la carriole reprit sa route.

En chemin, l'on causa.

L'homme avoua qu'il se nommait Ribasse, qu'il vendait de la confection et que son magasin était rue Montant-au-Château, à l'enseigne du « Mérinos ». Tandis que la femme tenait la boutique, il courait les foires où il installait son éventaire de complets de velours et même de draps fins. Les affaires marchaient bien et il n'avait pas à se plaindre. D'ailleurs, il aimait cette vie de grand air.

Mais M. Adrien n'écoutait pas les confidences du marchand tailleur, car, soudainement, il venait de trouver la solution du problème qui le torturait et il pensait que c'était le ciel qui avait conduit ce Ribasse sur sa route. Et il lui dit :

— Ma foi, cher monsieur Ribasse, je suis heureux de faire votre connaissance et je crois que je vais être votre client.

Ribasse se mit à rire :

— Soit dit sans vous offenser, m'est avis, en effet, que vous auriez joliment besoin d'un complet neuf.

— Aussi, si vous voulez m'en vendre un...

— Mais avec plaisir. Vous n'avez qu'à venir avec moi jusqu'à la maison.

— Et où est-elle, votre maison ?

— Touchant la banque des Comptes Courants. Vous connaissez ?

S'il la connaissait !

Mais cela ne faisait point son affaire. Il ne tenait pas à être surpris par son personnel, en costume de trimardeur, descendant de la carriole d'un marchand forain. Il fallait trouver autre chose. Quoi ?

Il songea une minute puis :

— C'est que je suis pressé. Il me faut aller à La Coucourde. Connaissez-vous La Coucourde ?

— Tiens !

— Bon ! Je vais y partir par le train de cinq heures. Il faudrait que vous puissiez venir m'y rejoindre par le train suivant et m'apporter un complet un peu plus décent que celui-là.

— Ma foi, fit l'homme, à bicyclette, j'y serai presque aussitôt que vous et je n'aurai pas besoin d'attendre le train suivant qui ne part qu'à huit heures.

— En effet, cela vaudrait mieux, assura M. Adrien.

— Seulement, fit l'homme, il ne faudrait pas me faire courir à La Coucourde pour le roi de Prusse. Ce n'est pas que je manque de confiance. Mais, dame... des gens qu'on rencontre sur la route, sans offense...

M. Adrien rougit, puis :

— Ecoutez, je n'ai rien sur moi, mais puisque vous êtes voisin de la banque des Comptes Courants...

— Vous y avez de l'argent en dépôt ? ricana le tailleur.

— Oui, fit M. Adrien.

Ribasse examina son compagnon, se demandant s'il n'avait pas affaire à un fou.

Mais M. Adrien continua :

— Quel est le prix de vos complets ?

— Y en a pour tous les goûts, répliqua Ribasse, pensant qu'il ne fallait pas contrarier cet insensé. Mais avec une jolie pièce de trente-quatre francs, vous aurez un velours...

— Je préférerais du drap.

— Alors, c'est trois francs de plus.

— Bon ! Avez-vous du papier, un crayon ?

— Pourquoi faire ?

— Donnez toujours.

Fort intrigué, Ribasse tira son portefeuille, en sortit un crayon et une feuille de papier qu'il tendit à son compagnon.

M. Adrien y griffonna quelques mots qu'il tendit à Ribasse :

— Contre ce mot, on vous donnera cinquante francs à la banque. Alors, c'est entendu. Vous voyez ce qu'il me faut ?

— C'est entendu... c'est entendu... répondit Ribasse, de plus en plus persuadé qu'il avait affaire à un dément.

— Et surtout, recommanda M. Adrien, à la banque, ne dites pas qui vous a donné ce papier.

— Bon !

On arrivait au faubourg Saint-James et Adrien, ne tenant pas à être vu en pareille compagnie, témoigna le désir de descendre.

— Comment, vous ne venez pas avec moi jusqu'au magasin ?

— Je n'en vois pas la nécessité.

— Il faut pourtant bien que je vous prenne mesure.

M. Crikelimk réfléchit une minute; le tailleur avait raison; pourtant...

Enfin il eut une idée :

— Ne pourriez-vous me prendre mesure ici ?

— Ici !

— Dame !

Le tailleur hésita; décidément, c'était bien un fou; il ne le voulut contrarier et, descendant de sa carriole, à l'abri d'une haie bordant la route, le plus gravement du monde et comme s'il se fût trouvé dans ses salons d'essayage, il prit les mesures de M. Adrien.

— Merci, et je compte sur vous. Allez toucher cet argent, choisissez-moi, dans votre magasin, quelque chose de bien et venez me rejoindre à La Coucourde, dans ce café qui est en face la gare.

— L'hôtel des Peupliers ? Je connais ça ! Au revoir.

M. Adrien descendit et le tailleur continua sa route, persuadé que son compagnon de route était fou et avait voulu se moquer de lui. Aussi quel ne fut pas son étonnement quand, à la banque des Comptes Courants, on lui aligna gravement cinquante francs, contre le chiffon de papier que l'autre lui avait signé.

— Par exemple ! pensa Ribasse ; celle-là est forte de café ! Qui aurait cru...? A qui se fier tout de même !

Pendant ce temps, M. Adrien, en se cachant, et passant par des chemins détournés, était arrivé jusqu'à la gare; il y avait pris un billet pour La Coucourde, et, quand le train était arrivé, il s'était glissé dans un compartiment de troisième où, seulement, certain de n'avoir été remarqué par aucun de ses employés ou de ses connaissances, il commença à respirer.

Il était arrivé à La Coucourde en même temps que M. Javelin et Léonard que, d'ailleurs, il ne connaissait point.

Tout à leur conversation, les deux hommes n'avaient point fait attention à lui.

M. Adrien était allé tout droit au café des Peupliers afin d'y attendre Ribasse qui devait lui apporter un vêtement plus confortable, car, décemment, il ne pouvait se présenter à Mme Lambrusque dans cette tenue.

Et, debout sur le seuil de la porte, inspectant la route dont le blanc ruban s'allongeait au loin, accroché au flanc des coteaux, il commençait à s'impatienter quand, tout à coup, il entrevit là-bas, se hâtant, une silhouette connue.

A ne s'y pas tromper, c'était Mme Lambrusque elle-même qui sortait de l'église.

Alors, oubliant dans quel costume il se trouvait, il se lança à la poursuite de la dame, l'interpellant :

— Madame... je vous prie... c'est moi...

Mais, au lieu de l'attendre, la vieille dame hâtait le pas comme pour le fuir.

Il se mit à courir.

Il allait l'atteindre, mais tout soudain, un homme s'élança vers lui. Qu'était-ce ?

Il regarda cet agresseur inattendu et, tout à coup, les yeux dilatés par la stupéfaction, reconnaissant sur le dos de cet homme son superbe complet d'une coupe si savante et si particulière, qu'on lui avait, si malencontreusement subtilisé dans sa valise, en le remplaçant par les loques qu'il avait sur le dos, il n'eut que ce cri :

— Ma redingote !

XII

OU M. ADRIEN CRIKELIMK AYANT RETROUVÉ ENFIN SA REDINGOTE N'EN EST PAS PLUS FIER POUR CELA

Arrêtés à l'entrée du petit ponteau du chemin de fer, les deux hommes s'examinèrent un instant.

M. Adrien Crikelimk était en proie à l'étonnement le plus ahurissant qui fût, et il se demandait comment cet homme, qui se trouvait si inopinément en face de lui, pouvait être détenteur de la redingote dont la perte était la cause de tous ses malheurs.

D'autres sentiment agitaient l'âme de Léonard; il n'était point trop surpris de se trouver en présence du véritable fiancé recommandé par tante Coralie : il était de toute évidence que ce jeune homme devait forcément se trouver dans ces parages, voisins de la demeure de Mme Lambrusque. Mais il s'agissait pour lui de ne point trop brusquer les choses et de se faire rendre avec ses vêtements, auxquels il ne tenait guère, son billet de loterie qui lui était d'une plus urgente nécessité. Il fallait jouer serré, car, somme toute, ce jeune homme ne pouvait pas nourrir à son endroit des sentiments de bien vive sympathie. Mais il l'eût vite jugé; assurément, il n'était pas de force et Léonard se sentit à la hauteur de la situation.

Aussi, prenant le premier la parole :

— Monsieur, de même que j'ai reconnu mes vêtements sur vos épaules, je suis heureux de constater que vous avez compris tout de suite que la redingote en laquelle je me drape n'a pas été confectionnée pour mon usage personnel. En seriez-vous le légitime propriétaire ?

— Oui, monsieur, cette redingote est bien à moi, repartit M. Adrien, intimidé par l'assurance de Léonard.

Léonard salua.

— J'en suis tout aise, assura-t-il, car, dans ces conditions, c'est de fort bonne grâce, sans aucun doute, que vous voudrez bien me restituer le complet veston qui vous vêt, en cet instant, et qui est ma propriété.

— Mais je ne demande que cela ! affirma M. Adrien, et croyez bien que si je me trouve dans votre veston, ce n'est pas pour mon plaisir.

— Je vois ce qu'il en est ! Et tout soudain la vérité m'apparaît dans la clarté de son intégrale lumière ! Vous étiez à Donzère, ce matin ?

— Pour mon malheur, monsieur !

— Et vous aviez remis une valise aux bagages, sans aucun doute ?

— Point précisément. Mais cette valise, que j'avais avec moi, j'avais chargé un homme d'équipe de la porter à mon hôtel.

— C'est bien ce que je pensais.

— Vraiment.

—C'est comme j'ai l'honneur de vous le dire. Je vois, cher monsieur, que vous et moi avons été victime de la grève !

— Hein ?

— De la grève des chemins de fer.

— Mais elle est terminée !

— Oui ! En apparence ! La grève est terminée, la grève brutale qui éloignait les employés de leur devoir. Mais le mécontentement continue et la grève nouvelle se prénomme : grève perlée ! Vous n'êtes certainement pas sans en avoir entendu parler ?

— Vous m'excuserez... fit M. Adrien, charmé par la brillante élocution de cet inconnu, mais je n'entends pas grand'chose à ces affaires...

— Monsieur, professa Léonard, on appelle grève perlée une opération qui consiste à troubler le fonctionnement régulier des voies ferrées. C'est, en un mot, le sabotage, non point des signaux et du matériel, mais des voyageurs et de leur bagage. Ainsi, vous avez une valise avec un complet redingote, et moi une autre valise contenant un complet veston... usagé. Eh bien, la grève perlée consiste à mettre le veston à la place de la redingote, et *vice versa*, et ce, pour le plus grand dam des pauvres voyageurs. Voilà !

A ces paroles, M. Adrien Crikelimk ouvrit des yeux éperdus de surprise, en même temps que de contentement, et il dit :

— Monsieur, vous expliquez parfaitement les choses, et vous venez en quelques paroles de me donner la clef d'une énigme qui me tourmentait depuis ce matin. Je suis ravi d'apprendre que c'est à la suite d'un sabotage que je me trouve privé de mes vêtements, bien que cet incident m'ait causé plus d'ennuis que vous ne sauriez l'imaginer. Monsieur, peut-être le mariage que je rêvais de faire est-il rompu à cette minute. Et si je vous disais que j'ai été arrêté comme un voleur et emprisonné dans une tour, dont je ne me suis échappé que par miracle, sans doute ne le croiriez-vous pas.

— Je compatis, cher monsieur, je compatis, et moi-même...

— Mais, pardon, fit M. Crikelimk, serait-il indiscret de vous demander comment il se fait que vous ayez revêtu le costume trouvé dans votre valise. Pour ma part, croyez que j'eusse volontiers gardé le mien, si un sort cruel n'eût voulu que je reçusse tout un pot de couleur, au moment précis où je pénétrais chez le père de celle que je me plaisais à nommer ma fiancée. Force me fut donc de revêtir votre vêtement...

— Monsieur, répliqua Léonard, je fus également forcé, faute de mieux, de revêtir votre complet redingote. Car, imaginez que j'accomplissais à Montélimar, une période de vingt-huit jours, dite d'instruction militaire, et pour le laps de laquelle, généreusement, le ministre de la Guerre avait bien voulu me confier des vêtements *ad hoc*, qu'il me fallut restituer ce matin. Et c'est pour cela que j'avais adressé un de mes amis à Donzère, pour y chercher un vêtement que je pusse revêtir, au lieu et place de ceux que m'avait confiés le gouvernement français. Jugez quelle fut ma surprise, au lieu de ce complet, que vous avez sur le dos, de trouver une redingote, certes plus fastueuse, mais qui ne m'en gêne pas moins aux entournures, car, soit dit sans vous offenser, je suis un peu plus fort que vous.

Et il regarda son interlocuteur, pour voir de quelle façon il prendrait cette étrange explication, qui lui était venue de toute pièce.

M. Adrien ne se montra nullement étonné de cette suite d'événements. Simplement il lui demanda :

— Vous êtes de Donzère, Monsieur ?

— De père en fils, ou pour mieux dire, d'oncles en neveux.

— Sans doute, connaissez-vous alors M. Javelin ?

— C'est mon ami.

— Et Mlle Noémie ?

— J'ai également l'honneur de la connaître... Mais, pardon, me permettrez-vous d'éclaircir un tout petit point qui n'est pas sans me donner quelques inquiétudes. A dire le vrai, je n'étais pas autrement peiné par la perte de ce vêtement, qui, vous pouvez en juger, n'est point dans sa verte jeunesse, et, ma foi, je l'aurais subie sans récriminer, n'était que dans la poche de son veston se trouvait certain porte-monnaie...

— Mais il y est encore, monsieur. Avec ce qu'il contient, moins les cinquante cinq centimes de mon billet de Montélimar à La Coucourde, dont je demeure votre débiteur, cela va sans dire, et que je vous rendrai à la première occasion.

— Je n'en suis pas à onze sous près, cher monsieur. Mais ce porte-monnaie contenait encore...

— Un billet de loterie.

— C'est vous qui l'avez nommé. Ce billet de loterie, je dois vous l'avouer, m'est sacré, non point parce que je l'acquis pour la somme de un franc, mais surtout parce que c'est tout ce qui me reste d'une personne que j'ai longuement chérie, et dont la mort m'a cruellement séparé.

— Monsieur, fit M. Adrien, je prends part à votre peine. Dieu merci, je n'ai égaré ni votre porte-monnaie, ni son contenu, et je me fais une joie de vous le rendre!

Ce disant, M. Adrien fouilla dans sa poche, en tira le porte-monnaie qu'il remit à Léonard.

Celui-ci l'ouvrit, en tira le billet, et ayant constaté à la lumière vacillante du disque proche que c'était bien le n° 30, série 10, il laissa exhaler toute sa joie :

— Monsieur, touchez là, vous êtes un ami, et j'espère qu'entre nous, ce sera désormais à la vie à la mort.

— Vous êtes bien aimable. D'ailleurs, nous aurons sans doute l'occasion de nous revoir, puisque vous habitez Donzère. Sachez que je dois épouser Mlle Javelin.

— Mes compliments! Elle est charmante!

— Je ne sais, ne la connaissant point. Mais elle a trois cent mille francs de dot, et sa tante.

— Mme Lambrusque?

— Vous connaissez?

— C'est chez elle que je vais, assura Léonard.

— Alors, je vous y retrouverai, car, dès que j'aurai changé de vêtement... Ah! monsieur! je bénis le ciel qui m'a fait vous rencontrer, car vous pourrez témoigner auprès de Mme Lambrusque et de M. Javelin, que si je ne me suis pas rendu au rendez-vous qui m'avait été donné, c'est pour des raisons étrangères à ma volonté, et que...

— Vous pouvez compter sur moi, cher monsieur. Mais je vous quitte, car voici que l'on agite un mouchoir à la fenêtre du salon de Mme Lambrusque : c'est un signal auquel je dois obéir! A bientôt!

— A tout à l'heure, répondit M. Crikelimk.

En effet, dans la nuit, il venait d'apercevoir l'éclat de quelque chose de blanc, et ne voulant pas douter que c'était M. Javelin qui l'appelait à son secours, il courut vers la demeure de Mme Lambrusque, tandis que M. Adrien revenait au café des Peupliers, où, sans nul doute, le tailleur Ribasse devait l'attendre depuis longtemps déjà.

Cependant, en pénétrant chez sa sœur Coralie, M. Javelin avait été désagréablement surpris d'apprendre, de la bouche de sa fidèle camériste, que Mme Lambrusque ne se trouvait pas en son logis.

— Mais elle ne saurait tarder de rentrer, ajouta cette femme de bien.

— Savez-vous où elle se trouve?

— Elle est allée voir M. le curé, à ce qu'elle m'a dit. Et comme voici bien une grosse heure qu'elle est partie...

— Allons! patienta M. Javelin.

— D'ailleurs la nuit ne va pas tarder à tomber et, comme vous le savez, monsieur, Mme Lambrusque est assez peureuse de son naturel. Aussi...

— Bon, bon, j'attendrai!

Et M. Javelin s'installa dans un fauteuil du salon.

Il était en proie à une surexcitation fort compréhensible. D'un côté sa fille, qui s'était toquée de ce neveu Touffe et qui parlait de l'épouser, d'autre part, ce neveu Touffe, lui-même, qui tout à l'heure...

Ah! cela lui promettait de beaux jours!

Et cela juste au moment où il allait commencer un travail, préparé de longue date, et qu'il pensait devoir être son chef-d'œuvre de peinture : le vernissage complet, et dans une teinte suavement inédite, de toutes les fenêtres et de tous les volets de sa villa. Allez vous livrer à votre art, quand vous avez en tête toutes les contrariétés qu'il prévoyait.

Pour le moment, il s'agissait d'amadouer Mme Lambrusque, et de lui dévoiler, sous le jour le plus favorable, l'aventure advenue à son protégé. Comment lui démontrerait-il son innocence? Certes, le concours de Léonard ne lui ferait point défaut, il le lui avait promis. Mais il lui répugnait d'avoir recours à ce garçon encombrant et sans gêne. Enfin, le principal était que Coralie ne prît pas trop mal la chose.

C'est qu'il la connaissait, sa sœur; quand elle s'était mis quelque chose dans la tête! Une vraie caboche de Dauphinoise! Têtue comme sa vieille mule!

Ah! il allait en avoir de l'agrément!

Et il pestait contre l'absence de sa sœur, se disant :

— Si elle avait été là, cette satanée Coralie, à cette heure, tout serait terminé. Avec cela qu'il faut que je retourne à Donzère ce soir, à cause de Noémie. Pourvu qu'elle ne s'attarde pas trop, et qu'elle ne me fasse pas manquer mon train!

Et, ne pouvant demeurer assis, il allait et venait, dans le salon, critiquant en son for intérieur toutes les peintures des portes, des fenêtres, plinthes, soubassements, plafonds et corniches de cette pièce luxueuse, et ronchonnant :

— Je voudrais bien savoir quel est le barbouilleur qui a peinturluré tout cela. Et dire que Coralie admire son salon! Et c'est ma sœur! Il faut croire que le sens de la peinture n'est pas inné dans la famille.

Puis un autre tourment le prit : Léonard qui attendait le signal.

— Il ne manquerait plus que, perdant patience, il se défilât, celui-là. Je serai joli garçon si Coralie ne veut pas prêter foi à ce que je vais lui dire.

Et M. Javelin se rongeait les poings.

Enfin, il entendit la porte du rez-de-chaussée s'ouvrir et poussa un ouf de satisfaction.

— La voilà! Ce n'est pas trop tôt!

Mais, au même moment, un cri retentit, poussé

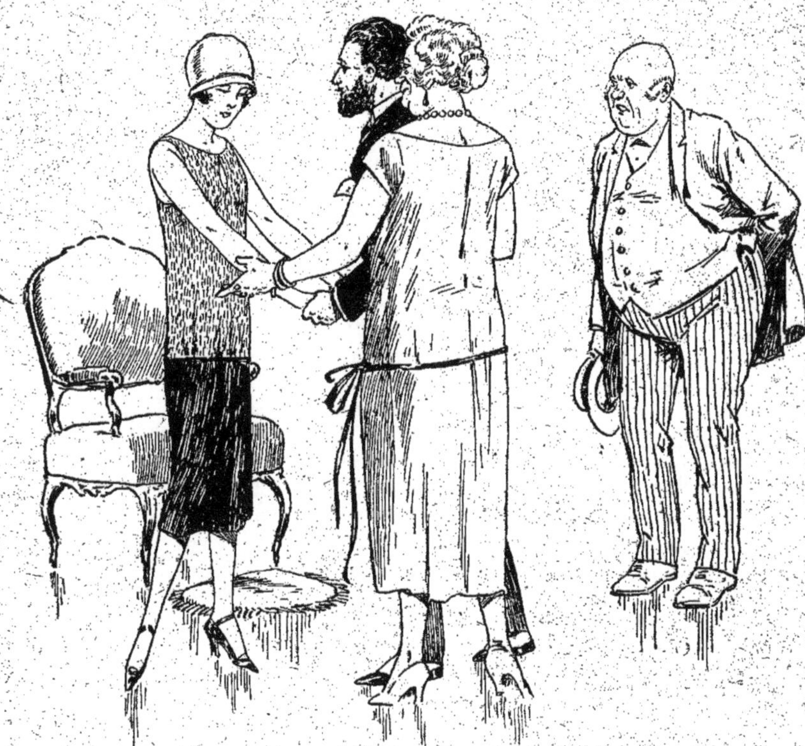

— *Monsieur Léonard, embrassez votre fiancée.* (p. 47.)

par la fidèle camériste, et, ayant ouvert la porte du salon, M. Javelin dut reculer devant cette brave femme qui portait dans ses bras Mme Lambrusque évanouie.

— Que se passe-t-il ? Qu'y a-t-il ? s'émut M. Javelin.

— Vite... des sels... du vinaigre !...

— Mais enfin... ?

— Tenez... aidez-moi donc à la remettre sur ce fauteuil; pendant que moi-même... et ouvrez vite la fenêtre pour lui donner de l'air.

Et, ayant déposé Mme Lambrusque sur une chaise longue, la bonne courut chercher de quoi faire revenir sa maîtresse.

Mais la chose n'était pas trop grave, car, à peine la camériste avait-elle tourné le dos que Mme Lambrusque poussa un gros soupir, ouvrit un œil et revint à elle.

Elle daigna reconnaître son frère, et, sans s'étonner de le trouver là !

— Ah ! mon pauvre Narcisse, te voilà ! j'ai bien failli ne plus te revoir !

— Que t'arrive-t-il ? Es-tu malade ?

— Ce que j'ai ?... Tu demandes ce que j'ai ?... J'ai que j'ai failli être assassinée, tout simplement.

Et, au souvenir du danger qu'elle venait de courir, Mme Lambrusque jugea à propos de piquer une petite attaque de nerfs dans les bras de son frère.

Mais ce ne fut que l'affaire d'une seconde et comme la bonne revenait, chargée de flacons petits et grands, elle trouva sa maîtresse fort effectée, mais tout de même vivante.

— Ah ! Gertrude... Gertrude ! fit-elle, si tu savais ce qui m'est arrivé !

M. Javelin connaissait sa sœur, il avait depuis longtemps eu l'occasion d'apprécier la richesse de son imagination; aussi, persuadé que cette tentative d'assassinat n'avait eu pour théâtre que le cerveau de la pauvre femme, ne s'émut-il pas outre mesure.

Mais Gertrude pantelait :

— Que vous est-il arrivé, pauvre chère dame ?

— J'ai failli être assassinée ! soupira Mme Lambrusque.

— Jésus ! Marie ! s'exclama Gertrude.

— Je revenais de chez M. le curé, où je m'étais attardée un peu; j'avais voulu aussi réciter un chapelet à la paroisse; bref, il faisait presque nuit et je me hâtais, car je n'aime pas me trouver dans les rues à ces heures-là. Tout à coup...

— Bonne mère ! gémit Gertrude, frémissante d'effroi.

— Tout à coup, un homme sordidement vêtu se met à me poursuivre en m'interpellant.

— Ah ! Sainte Vierge de Dieu !

— Je me mets à courir. Il court derrière moi. Il va me rattraper. Je me sens perdue. Sûrement, sous le ponteau, il va bondir sur moi... me tirer un coup de révolver, m'enfoncer un couteau dans le cœur. C'en est fait de moi, et déjà je recommande mon âme au Seigneur.

— Alors ?...

— Alors, Gertrude... alors, mon pauvre Narcisse, voici qu'un homme courageux, un bon génie surgit de l'ombre et se jette à la gorge de mon agresseur !... J'étais sauvée... mais je l'avais échappé belle !... J'ai pu courir jusqu'ici et voilà !

— Et dire que pendant ce temps-là nous étions bien tranquilles, ici !

Javelin, en lui-même ricanait :

— C'est bien ce que je pensais. Elle a eu une hallucination !

Mais Gertrude, plus troublée maintenant que sa maîtresse, demandait :

— Vous ne l'avez pas reconnu, ce malfaiteur ?

— Oh ! Il n'est pas d'ici ! C'est sûrement un de ces rôdeurs de grand chemin.

— Et votre sauveur... ? N'est-ce pas le grand Jules ?

— Non, je ne l'ai pas connu, et il n'est pas d'ici, lui non plus. Ce doit être un voyageur. Il était fort bien mis. Dame ! J'étais si troublée, que je n'ai même pas pensé à lui demander son nom. Mais je le ferai rechercher, et il peut être sûr de ma reconnaissance.

Et c'est à ce moment que Léonard pénétra dans le salon. Le vent avait fait s'agiter un rideau de mousseline par la fenêtre ouverte; il avait cru que c'était le signal : il accourait.

— Lui !... mon sauveur !... ce généreux jeune homme !... s'écria Mme Lambrusque, en reconnaissait Léonard.

Et, se levant d'un bond, elle sauta au cou du jeune homme et l'embrassa sur les deux joues.

— Madame... voulut dire Léonard, quand il put se débarrasser de l'étreinte de Mme Lambrusque. Mais, à son tour, Gertrude s'était jetée sur lui et le serrait sur son cœur à l'étouffer...

— Elles sont folles, pensa M. Javelin.

Mais Mme Lambrusque :

— Voyons, Narcisse, c'est tout ce que vous dites à mon sauveur !

— Comment ! c'est Léonard qui t'a sauvée !

— Léonard... Il s'appelle Léonard... Tu le connais donc ?

— Si je le connais ? Hélas, oui, je le connais, murmura M. Javelin.

Léonard, cependant, regardait à tour de rôle, Mme Lambrusque, Gertrude et M. Javelin, étonné d'une pareille réception, et se demandant à quelle époque troublée de sa vie, il avait bien pu être le sauveur de la tante Coralie.

Mais Mme Lambrusque l'avait pris par la main :

— Ah ! brave jeune homme ! Sans vous, à cette heure, je ne serais plus qu'un cadavre dont les journaux auraient donné, demain, la photographie.

— Vous croyez ? disait Léonard.

— Vous n'avez pas été blessé au moins ?

— Je ne pense pas.

— Vous êtes fort autant que courageux. Et, sans me connaître, n'écoutant que votre courage, vous avez volé à mon secours. Sans vous, je le disais à mon frère, sûrement ce bandit m'assassinait sous le ponteau !

— Heu... heu... répondit Léonard.

Il comprenait maintenant. Il se souvenait : cette vieille dame qui fuyait devant Adrien, elle l'avait pris, dans l'obscurité, pour un assassin. Elle était drôle, très drôle, d'autant plus que ce jeune homme était son protégé, mais elle avait été trompée par son costume, qui, certainement n'inspirait pas confiance.

Et il dit :

— Vraiment, madame, ne parlons plus de cela, ça n'en vaut pas la peine.

— Pas la peine ! s'exclame Mme Lambrusque. Pas la peine ! Alors ma vie ne compte pour rien ! Mais il vous sied d'être modeste. Vous êtes un héros, monsieur Léonard... Mais je saurai reconnaître le service que vous m'avez rendu, car Coralie n'est pas une ingrate. Que pourrais-je faire pour vous ?

Elle parut chercher, puis, se frappant le front :

— Au fait ! Etes-vous marié ?

— Hélas non, madame !

— Tant mieux ! Dans ce cas, je vous donne ce que j'ai de plus cher : la main de ma nièce, la fille de Narcisse ici présent.

A ces mots, M. Javelin, qui était tombé dans un fauteuil, se leva comme poussé par un ressort.

— Encore ! fit-il.

— Quoi, encore ?

— Ah ça ! est-ce que tu vas donner ma fille à tous les gens qui, soi-disant, te sauveront la vie ? Et l'autre ?

— Qui ?

— Le Belge !

— Au fait, c'est vrai, fit Mme Lambrusque tristement. Tu l'as vu ? Il est allé chez toi, aujourd'hui ! Noémie l'a trouvé à son goût ?

— Justement, il est bien venu, mais je ne l'ai point vu. Il a été arrêté, emprisonné, puis évadé.

— Hein ! fit Mme Lambrusque. Qu'est-ce que tu chantes ?

— Demande plutôt à Léonard.

Mme Lambrusque se tourna vers Léonard.

— Voyons, expliquez-moi... Narcisse radote, n'est-ce pas ?

Léonard allait répondre, mais la porte s'ouvrit, livrant passage à M. Adrien Crikelimk.

Il était confortablement vêtu d'un complet d'Elbeuf, d'une coupe un peu vulgaire, certes, mais qui ne l'habillait pas moins confortablement.

— Chère madame... fit-il.

— Qu'est-ce que l'on me raconte ? Vous sortez de prison ? interrogea Mme Lambrusque.

— Vous savez ? Je vais vous dire.

— Hum !.... Hum !... Je n'aime pas beaucoup cela, grommela tante Coralie.

— Vous allez voir, chère madame, expliqua M. Adrien. J'étais venu, comme vous me l'aviez dit, voir M. Javelin. Mais voici qu'à la gare, j'ai fait porter mon bouquet à l'hôtel et ma valise chez M. Javelin, de sorte qu'ayant reçu un pot de couleur sur la tête, quand j'ai voulu m'habiller j'ai reconnu que j'avais été victime d'un sabotage perlé. Et voilà pourquoi l'on m'a mis en prison.

Mme Lambrusque regarda le pauvre jeune homme :

— Mais c'est fou ! fit-elle. Ce que vous racontez là n'a pas de sens !

— C'est la vérité pourtant !

— Je l'atteste, fit M. Javelin.

— Demandez plutôt à Monsieur, dit M. Adrien, en désignant Léonard.

Mais alors, avec une mauvaise foi évidente, Léonard, hochant la tête :

— Moi ?... Mais je ne sais pas le premier mot de cette affaire !

Dame ! Du moment qu'Adrien était un rival, maintenant, Léonard n'allait pas lui fournir des atouts pour jouer contre lui.

Cette dénégation ébahit le pauvre M. Crikelimk.

— Comment !... Mais vous m'avez dit... N'avais-je pas votre complet ?... N'aviez-vous pas ma redingote ?

Léonard eut un geste d'ignorance.

Alors, le doux Belge se fâcha :

— Mais, monsieur, ce que vous faites là est indigne. Vous êtes...

— Monsieur m'a sauvé la vie ! affirma péremptoirement Mme Lambrusque s'interposant.

— Comment ! lui aussi ?

— Tout à l'heure, sous le ponteau, j'ai failli être assassiné par un malfaiteur.

— Mais c'était moi ! cria M. Adrien.

— Comment ! C'était vous ! Vous avez voulu m'assassiner !

Et effrayée, elle se réfugia dans les bras de Léonard, comme pour implorer une seconde fois son secours.

— Mais non, gémissait M. Adrien, éperdu. Je n'ai pas voulu vous assassiner...

— Alors... qu'est-ce que vous dites ? clama tante Coralie.

— J'ai voulu dire... j'ai voulu dire...

— Vous avez voulu diminuer l'action courageuse de ce jeune homme. Ce n'est pas bien cela. Que voulez-vous ? Certainement, je ne nierai point qu'à Paris, vous ne m'ayez arrachée des roues d'un autobus. Oui, je vous dois la vie. Mais lui, c'est des mains d'un assassin qu'il m'a sauvé, et ma foi, mourir pour mourir, mieux vaut, il me semble, que ce soit écrasée par un autobus que poignardée par un criminel : c'est moins douloureux, et le scandale est moindre, car un assassinat, cela jette toujours le discrédit sur une famille. Bref, je lui ai promis la main de ma nièce.

— Eh bien, et moi ?

Mme Lambrusque allait répondre, mais on entendit un grand bruit dans le jardin; c'était une automobile qui arrivait.

— Qu'est-ce cela ? fit tante Coralie.

Mais, presque aussitôt, la porte s'ouvrit, et, suivie de Phémie, Mlle Noémie fit irruption dans le salon.

— Tante Coralie, c'est moi !

— Toi ! firent à la fois M. Javelin et Mme Lambrusque.

— Papa m'a dit qu'il venait te voir. Après ce qui s'était passé, j'avais peur qu'il ne vint contrecarrer mes projets et mes sentiments. Alors pour plaider moi-même ma cause, j'ai prié le docteur de me conduire ici en auto, et me voilà ! Ce que je voulais te dire, tante Coralie, c'est que je ne veux épouser que M. Léonard, c'est lui que j'aime, je n'en veux pas d'autre, et...

— Mais tais-toi donc, Noémie, fit M. Javelin, impatienté. Ne vois-tu pas que M. Léonard est là !

— Oh ! fit Noémie, soudain rougissante, en reconnaissant le jeune homme, qui avait fait une si grande impression sur son âme.

— Et il y a aussi le fiancé que tante Coralie te destinait.

Et il désigna M. Adrien.

Noémie jeta sur lui un seul regard, puis, tout à coup, se voilant la face, elle s'écria :

— Quelle horreur !... Mais il est blond !

Tante Coralie eut un sourire de joie : cela mettait fin à l'affaire, et, se tournant vers M. Adrien:

— Que voulez-vous, Monsieur, il est bien vrai que vous m'avez sauvé la vie, et ma reconnaissance sera éternelle... Mais pourtant, vous conviendrez que je ne peux marier ma nièce malgré elle !

Puis à Léonard :

— Monsieur Léonard, embrassez votre fiancée.

Mais M. Javelin, à ces mots, se dressa entre sa fille et le jeune homme :

— Pardon... pardon... fit-il, je suis le père, moi, et j'ai bien voix au chapitre.

— Oh ! papa, gémit Noémie.

— Narcisse ! clama Coralie, avez-vous envie que je déshérite votre fille !

— Mais voyons, Coralie, tu ne sais pas ! C'est

le neveu de Touffe, de l'homme qui m'a coupé ma perspective !

— Eh bien, raison de plus pour lui donner ta fille : de cette façon, il fera abattre le mur.

— Mais c'est un bohème... un musicien... il n'a pas le sou !

— Pardon ! fit alors Léonard. J'ai cinq cent mille francs de fortune. Et la preuve, la voilà !

Et fort digne, il brandit son billet de loterie, qu'il avait bien cru perdu.

— Mais... bégaya encore M. Javelin.

— Narcisse, tais-toi ! ordonna tante Coralie. M. Léonard épousera Noémie; il l'aime, elle l'aime, il m'a sauvé la vie ! Et d'ailleurs, telle est ma volonté !

Et Léonard Margoulat épousa Mlle Noémie Javelin, et ils furent heureux au-delà de ce que l'on pourrait dire.

Quant au pauvre M. Adrien Crikelimk, ne voulant pas être le témoin d'un bonheur qui lui était, somme toute, destiné, il demanda à quitter Montélimar, et il est à cette heure directeur de la banque des Comptes Courants en Bretagne, ou ailleurs.

Mais tout porte à croire que cette triste aventure l'a guéri à jamais de sa fatale distraction.

FIN

PROCHAIN OUVRAGE A PARAITRE :

RAPHAËL

par

LAMARTINE

I

Il y a des sites, des climats, des saisons, des heures, des circonstances extérieures tellement en harmonie avec certaines impressions du cœur, que la nature semble faire partie de l'âme et l'âme de la nature, et que si vous séparez la scène du drame et le drame de la scène, la scène se décolore et le sentiment s'évanouit. Otez les falaises de Bretagne à René, les savanes du désert à Atala, les brumes de la Souabe à Werther, les vagues imbibées de soleil et les mornes suints de chaleur à Paul et Virginie, vous ne comprendrez ni Chateaubriand, ni Gœthe, ni Bernardin de St-Pierre. Les lieux et les choses se tiennent par un lien intime, car la nature est une dans le cœur de l'homme comme dans ses yeux. Nous sommes fils de la terre. C'est la même vie qui coule dans sa sève et dans notre sang. Tout ce que la terre, notre mère, semble éprouver et dire aux yeux dans ses formes, dans ses aspects, dans sa physionomie, dans sa mélancolie, ou dans sa splendeur, a son retentissement en nous. On ne peut bien comprendre un sentiment que dans les lieux où il fut conçu.

II

A l'entrée de la Savoie, labyrinthe naturel de profondes vallées qui descendent la Suisse et vers la France, une grande vallée plus large et moins encaissée se détache vers Genève et vers Annecy, entre le mont du Chat et les montagnes murales des Beauges.

A gauche, le mont du Chat dresse pendant deux lieues, contre le ciel une ligne haute, sombre, uniforme, sans ondulations à son sommet. On dirait un rempart immense nivelé gris interrompent la monotonie géométrique de sa forme et rappellent au regard que ce n'est pas une main d'homme, mais la main de Dieu qui a pu jouer avec ces masses. Vers Chambéry les pieds du mont du Chat s'étendent avec une certaine mollesse dans la plaine. Ils forment, en descendant, quelques marches et quelques coteaux revêtus de sapins, de noyers, de châtaigniers enlacés de vignes grimpantes. A travers cette végétation touffue et presque sauvage, on voit blanchir de loin en loin des maisons de campagne, surgir les hauts clochers de pauvres villages, ou noircir les vieilles tours des châteaux crénelés d'un autre âge. Plus bas, la plaine, qui fut autrefois un vaste lac, conserve le creux, les rives dentelées, les caps avancés de son ancienne forme. Seulement on y voit ondoyer au lieu des eaux les vagues vertes ou jaunes des peupliers, des prairies, des moissons. Quelques plateaux un peu plus élevés et qui furent autrefois des îles, se renflent au milieu de cette vallée marécageuse. Ils portent des maisons couvertes de chaume et noyées sous les branches. Au delà de ce bassin desséché, le mont du Chat, plus nu, plus raide et plus âpre, plonge à pic ses pieds de roche dans l'eau d'un lac plus bleu que le firmament où il plonge sa tête. Ce lac, d'environ six lieues de longueur sur une largeur qui varie d'une à trois lieues, est profondément encaissé du côté de la France.

(à suivre.)

Paris. — Imp. PAUL DUPONT (Cl.).